――「ミルフェ、私の伴侶になってくれ。私は人間に戻り、お前と一緒にこの家で暮らしたい」

「……ロード様……っ、まさか……そんなこと……」

「本気でいっている。お前との暮らしが、たのしいのだ。お前といると、私は……私のことも好きになれる」

――嘘のようで、夢のようで……まさかと思う気持ちは残っていた。

それでも唇が触れ合うと、蕾がほころぶように愛の誓いが咲き誇る。

おやゆび王子の初恋

犬飼のの

23971

角川ルビー文庫

目次

口絵・本文イラスト／笠井あゆみ

離《はな》れ離れになるくらいなら、抱《だ》かれなければよかった。
貴方《あなた》と一緒《いっしょ》にいられるなら、それだけで幸せだったのに。
貴方はお城に帰り、高貴な身に相応《ふさわ》しい世界で他《ほか》の誰《だれ》かと生きていく。
僕はまた、ひとりになってしまった。

1

豊穣《ほうじょう》の王国、ファンファリスタに春が訪《おとず》れる。

家具屋のミルフェは手製の籠《かご》をぶら提《さ》げて、王都郊外《こうがい》にある森を散策していた。

籠の中にはチキンとハニーマスタードのサンドイッチ、それと紅茶が入っている。

森には雪が残っているので、羊毛を敷《し》き詰《つ》めたブーツを履《は》き、マントを羽織っていた。

散策の目的はこの時期に生《な》るベリーだ。

まだ少し早いが、熟すのを待っていると鳥たちに先を越《こ》されてしまうので、酸《す》っぱいうちに収穫《しゅうかく》して砂糖で甘さを足す予定だった。

毎年作っているが、去年はあまりにも酸っぱくて砂糖だらけのジャムになってしまった。

今年はどうだろうか。いい頃合《ころあ》いのものがたくさん生っているといいけれど。

朽《く》ちた葉を養分にしてやわらかくなった土の上を、ミルフェは軽い足取りで進む。

頭上の林冠《りんかん》の間から注ぐ午後の光は暖かく、マントは要《い》らなかったかなと思っていると、何種類かの鳥がジィーゥ、ジィーゥと非難めいた鳴き声を上げた。

「こんなに早く摘《つ》みにくるなっていってるの？　大丈夫《だいじょうぶ》、ジャム三瓶《びん》ほど摘んだら帰りますよ。そんなにたくさん採りませんから」

ふふと笑って小鳥たちに話しかけたミルフェは、ベリーを見つけて身を屈《かが》める。ほどほどに熟したものが鈴生《すずな》りになっていて、その愛らしさに顔をほころばせた。なるべく均一に色づき、表面の凹凸《おうとつ》がくっきりしているものを選ぶ。

一つ味見してみると、鼻腔《びこう》から口の中までベリーの香《かお》りで満たされた。見た目以上に甘い。早摘みのつもりだったけれど、最高の収穫時だ。

——欲張ってたくさん摘んじゃおうかな、ベリージャム大好きだし。

もう一つ味見して、ミルフェは自然の恵《めぐ》みと平和な日々に感謝する。

ファンファリスタは豊穣の王国と呼ばれているうえに、二百年以上も他国の侵略《しんりゃく》を受けず、内乱も起きていない安国だ。

高地にあり、国土の大半が切り立った崖《がけ》と深い森に囲まれているため、外敵が近づけない。王族や貴族が重税を課すので民は裕福《ゆうふく》ではなかったが、衣食住に困ることはなく、皆《みな》それなりの暮らしをしていた。

——ん？　犬の鳴き声？

ベリーを摘む前に籠を空にしようとすると、どこからかウォンウォンと聞こえてくる。平和とはいえ野生動物による被害《ひがい》は時々あり、ミルフェは少し警戒《けいかい》した。

ベリーに囲まれながらサンドイッチを食べるつもりだったが、野犬が近くにいるならそんな呑気《のんき》なことはしていられない。

飼い主と一緒にいる猟犬《りょうけん》の声ならいいけれど……と思っていると、今度はしわがれた人間の声が聞こえてきた。

「しっし、あっちへおいき！　おいきったら！」

森の奥から老女の声がしたので、ミルフェはあわてて走りだす。

子供と間違《まちが》えられるくらい小柄《こがら》な自分になにができるかわからなかったが、困っている人がいれば駆《か》けつけるのが性分《しょうぶん》だった。

「おばあさ……おばさん、大丈夫ですか⁉」

ミルフェが目にしたのは、長い白髪《はくはつ》の老女と二匹《ひき》の野犬で――老女は木の上に登り、犬から必死に逃《に》げている。黒っぽい野犬は老女のマントの裾《すそ》を噛《か》み、ぐいぐいと引っ張っていた。

もしも引きずり下ろされたら、腰《こし》を打って大怪我《おおけが》をしかねない体勢だ。

「ああ……っ、助けておくれ！」

「は、はい！　なんとかしてみます！」

ミルフェは咄嗟《とっさ》の判断でサンドイッチをつかみ、それを二つに割って犬たちに差しだした。

指ごと噛まれそうで怖《こわ》かったが、ふるえる手を限界まで伸《の》ばす。

「チキンのサンドイッチだよ。マスタードも辛《から》くないし、たぶんおいしいよ」

そんなことを犬にいいながら、お願いだから噛まないで――と心の中で唱えていると、赤く大きな口がぐわりと開く。

ひゃっと悲鳴を上げて激痛を覚悟《かくご》したが、幸い痛みは感じなかった。

両手からサンドイッチが消えて、そのあと指を執拗《しつよう》に舐《な》められただけだ。

犬たちはサンドイッチを丸呑《まるの》みして満足したのか、フンフンと鼻を鳴らして去っていく。

「ああ……よかった」

よかった――とさらに二度くり返し、ミルフェはその場に座り込んだ。

すごい牙《きば》の犬だったなと思い返すと腰が抜《ぬ》けてしまい、すぐには立ち上がれない。

老女が木から下りるのを手伝いたかったが、その前に少しだけ休みが必要で、「すみません、ちょっと待っててください」と声をかけた。

ところが老女の姿は木の上にない。

まさか飛び下りたのではないだろうに、気づくと目の前に立っていた。

黒衣を身に着けた老女は、しゃがみ込むミルフェを見下ろし、灰色のぎょろりとした目を見開く。なにやらおどろいている様子だった。

「あんた、下手をしたら指を失っていたよ」

「え……っ、いえそんな、そこまで凶暴《きょうぼう》な犬ではなさそうでしたよ」

「いいや、あいつらが本気を出したらそうなってたところだ。あんた、ひょろっとして小さいのに勇気があるね。大したもんだ」

「そうですか？　そんなことといわれたの初めてです」

町外れで家具屋を営むミルフェは、職人としての腕《うで》以外で誰かから褒《ほ》められる機会がなく、思いがけない言葉にはにかむ。

勇気があるなんて、自分では一度も思ったことがなかった。

むしろ臆病《おくびょう》なほうだと思っていたし、あらゆる面で変化を苦手とする性質だ。

犬の件はたまたまサンドイッチを持っていたから上手《うま》くいっただけで、運がよかったとしかいいようがない。なにも持っていなかったら、今頃《いまごろ》どうなっていただろう。

「あんた、私を『おばさん』と呼んだね」

「……は、はい」

失礼だったかとびくつくミルフェに、老女はしわだらけの顔でにこりと笑った。

「どう見ても枯《か》れ枯れの痩《や》せこけた婆《ばあ》さんなのに、あんな状況《じょうきょう》でも気を遣《つか》ったんだね。勇気があるうえに気遣いもできる、あんたはいい子だ」

「そんな……おそれいります」

また褒められて申し訳なくなってしまい、ミルフェはあわてて立ち上がる。

客商売をしているので、うかつなことをいわないよう気をつけているだけだった。

この老女は褒めすぎだと思ったが、褒められてうれしくないわけがない。

顔はどんどん熱くなり、ベリーのように真っ赤になっている気がした。

「お礼をしないといけないね。とびきりいいものをあげよう」

「お礼だなんて……お気持ちだけで十分ですから」

遠慮《えんりょ》するミルフェに、老女は「どんな願いでも叶《かな》えてあげよう」と両手を広げる。

本人のいう通り枯れた印象の老女だったが、よくよく見ると目鼻立ちがはっきりとしていて、若い頃《ころ》は相当な美人だったことがうかがい知れた。

背中も丸まってはおらず、ぴんと伸びていて自信に満ちている。

「どんな願いでも、ですか？」

「そうだよ、欲しいものをいってごらん。あげられるものならなんでもあげたい気分なんだ」

まるで大富豪《だいふごう》のようなことをいう老女に、ミルフェはなにもいえずに恐縮《きょうしゅく》する。

老女はなんでも持っているようには見えなかったし、どちらかといえば貧しそうだった。

よくよく見るとマントの内側にポケットがたくさんついていて、革袋《かわぶくろ》や木の箱など、様々なものを収納しているようだが、やはり裕福には見えない。

「あの、本当に、お気持ちだけいただいておきます」

「遠慮は要らないよ。こう見えても私は数百年生きている魔法使《まほうつか》いだ。金貨百枚といわれたらどうにもできないが、あんたが本当に欲しいものはあげられるかもしれない。いうだけいってごらん、普通《ふつう》の人間には叶えられないことを叶えてあげよう」

「魔法使い……じゃあ、貴女《あなた》は魔女なんですか？」

「如何《いか》にも。その呼び方は好きじゃないがね」

明るい太陽の下で笑う老女は、ミルフェが想像していた魔女とはだいぶ違《ちが》っていた。

魔女といえば、薄暗《うすぐら》い洞窟《どうくつ》の奥で蠟燭《ろうそく》の灯に囲まれて水晶玉《すいしょうだま》をいじったり、大鍋《おおなべ》で妙《みょう》な薬を作ったりしているものだと思っていたが、目の前にいるのは太陽の光を浴びた老女だ。

枯れた印象を吹《ふ》き飛ばすくらい、目がぎらぎらと光って生命力に満ちている。

「さあ、心の奥にある本当の願いをいってごらん」

ミルフェは紅茶が入った籠《かご》を抱《だ》き締《し》め、唇《くちびる》を引き結ぶ。

本当の願いなんて、誰《だれ》かに話したことはなかった。

容易に話せることではなかったし、話す相手もいなかったからだ。

魔法使いを名乗る目の前の老女はどんな願いも叶えられるようなことをいっているが、もし本当にそんな力があるなら、犬に襲《おそ》われても自分で対処できただろう。

木に登って助けを求めていたことからして、万能でないことは明らかだ。

つまり望みを話しても無意味だが、訊《き》かれると心が勝手に動いて、本当の願いに触《ふ》れる。

もしも神様のように万能《ばんのう》なら、落石事故で死んだ両親と兄夫婦《ふうふ》を生き返らせてほしかった。

家具屋を営んでいた四人がいなくなったことで、ミルフェは賑《にぎ》やかな五人暮らしから一転、ひとりぼっちになったのだ。

「ああ、死んだ人間を生き返らせるのは無理な話だよ。時間を戻《もど》すというのも無理だ。それは神様にだってできやしない」

「――そうですよね」

ほらやっぱり、本当の願いは叶わない。

力仕事が得意だった父も兄も、木工細工が得意だった母も、料理上手だった兄嫁《あによめ》も……今は墓地で眠《ねむ》っている。生きていた頃の姿のまま、むくりと起きだすわけがないのだ。

「他《ほか》にも望みはあるだろう？」

「どうでしょう、今はなにも……」

思いつきません――といいかけたミルフェの脳裏《のうり》に、ふと別の望みがよぎる。

両親や兄夫婦がいなくなってから、ずっと話し相手が欲しかった。

ミルフェが話しかけるのは鳥や猫《ねこ》くらいで、人間といえば客しかいない。

客と世間話をしたい気持ちは常にあったが、あまり器用に話すことができなかった。いつも商品の要望を聞くだけで、それ以上は踏《ふ》み込めない。誰とも友だちになれなかったし、十九になるのに恋人《こいびと》もいなかった。

「あんた、名はなんというんだい？」

「ミルフェといいます。王都の郊外《こうがい》で家具屋を営んでいます」

「ミルフェ、いい名前だね。さあ、遠慮なく本当の願いをいってごらん」

「あの……これまで、話したことがないんですけど、僕はその、少し特殊《とくしゅ》で……」

ミルフェは森に老女以外の誰もいないことを確認《かくにん》して、すうっと静かに深呼吸する。

いっても無駄《むだ》だとわかっていながら、なんとなく誰かに聞いてほしかったのかもしれない。

両親にも兄にもいえず、幼い頃から胸の奥にしまっていた秘密を……ためらいながらも口にのぼらせる。

「僕は……男の人に、惹《ひ》かれてしまう、ようなんです」

不思議と、告白したことで心の重みが軽くなった。

やはり聞いてほしかったのだ。

世間から白眼《しろめ》で見られる己《おのれ》の性情を、誰かに話して、認めてほしかった。

老女はまだなにもいっていないけれど、ミルフェの胸には期待がある。

何百年も生きていて達観している魔法使いならば、世間の人とは違う目で見てくれるのではないだろうか……寛容《かんよう》なことをいってくれるのではないだろうか。

そんな期待を持っていた。

「そうか、あんたは恋人が欲しいんだね。同性の恋人が――」

魔法使いは灰色の目をぎょろぎょろと動かしながら、かすれた声を弾《はず》ませる。

コウモリが羽の手入れをするような仕草で、黒いマントの内側を覗《のぞ》き込んだ。

上から下までずらりと並んでいる内ポケットを、「これだったか、いや違う、これじゃない。確かこの辺に」とひとりごとをいいながら探《さぐ》っている。

「同性の恋人なんて、そんな大それたこと……」

「望んでいるだろう？　私にはわかるよ、あんたは子供のように見えて、もう大人だ」

「──っ」

「恥《は》ずかしがることはない。当たり前のことさ」

心の奥底から服の下の裸《はだか》まで見抜《みぬ》かれた気がして、ミルフェは羞恥《しゅうち》を越《こ》えて青ざめる。

女性よりも同性を好んでしまう特殊な性情を、理解してくれる話し相手がほしかったけれど、本当に欲しいのは恋人だ。

ただ一緒《いっしょ》にいてくれて、話をしてくれるだけでいいと思う気持ちもあるが、心も体も本当はそれ以上のことを求めている。

魔法使いのいう通り、もう子供ではなかった。

「いいだろう、あんたにぴったりの恋人をあげよう。ただし、いろいろと問題がある」

「──え？」

恋人をあげるといわれてもすぐには信じられず、ミルフェはその場に立ち尽《つ》くす。

抱き締めていた手製の籠が、みしっと軋《きし》む音がした。おどろきと緊張《きんちょう》と少しの期待で、力を入れすぎてしまっている。

「あんたよりだいぶ……おそらく百歳と少しばかり年上で、あんたより随分《ずいぶん》と背が低い男だが、それでも構わないかい？　ああ、心配しなくとも見た目は若いよ。百年ほど眠っていただけで、爺《じい》さんってわけじゃない」

「は、はい……あの、本当に？」

老女は目当ての内ポケットを見つけたらしく、「これだこれだ」と革袋を引っ張りだす。

キツネに抓《つま》まれたような気持ちでいたミルフェに、躊躇《ちゅうちょ》なくそれを差しだした。

なんだか怖《こわ》かったが、ミルフェはおずおずと手を伸《の》ばす。

しっとりとした手触《てざわ》りの革袋は、生き物のようにあたたかかった。

「……あたたかい、ですね」

「生きてるからね」

もしかしたら老女の体温が移っただけかと思ったが、その口ぶりからするに、それだけではないようだった。

「ミルフェ……いいかい、よくお聞き。魔法使いといっても万能じゃないし、あせっただけで犬を追い払《はら》うこともできやしない。ましてや人の心はどうにもできない。男があんたの恋人になるか否《いな》か、それは神のみぞ知るってところさ。だが話し相手にはなるだろうよ。男にとって、あんたは唯一無二《ゆいいつ》の存在になるんだからね」

「唯一無二の存在……ですか？」

ミルフェは革袋を大切に包み込み、そのぬくもりに生き物の気配を感じる。

これまでは老女の言葉が信じられずにいたが、今手にしているものはまぎれもなく不思議ななにかだ。

未知の、ミルフェの常識では考えられないなにかが、手の中にある。

「そうなるために、あんたに特別な力をあげよう。これから必要になる力だよ。妖精《ようせい》が見える体にしてあげよう……そうしないと、男の姿が見えないからね」

「その男の人は、妖精なんですか？」

「元々は人間だが、そのままじゃ百年も生きられない」

老女は続けてもう一つ包みを取りだし、「失《な》くすといけないから、どちらも家に帰ってから開けるんだよ」といった。

半信半疑のミルフェに、しわくちゃの顔でにっこりと笑いかける。

そうして、男を眠りから覚ます方法と、妖精が見える体になる方法を教えてくれた。


ベリーを摘《つ》むのをやめてすぐに帰宅したミルフェは、早速いわれた通りにする。

テラコッタの鉢《はち》に土を入れ、その上に革袋《かわぶくろ》の中身を空けた。

入っていたのは豆粒《まめつぶ》大の種で、触れると少しあたたかい。

これから花が育つまで水を与《あた》え、日中は日射《ひざ》しが当たる居間の窓辺に鉢を置く予定だ。

そうするとやがて花が咲《さ》き、元は人間で、今は花の妖精となった男に会えるらしい。

百年眠っている男はミルフェと同じく、同性しか愛せない男なのだと聞いている。

――種の発芽を待つ間に、この薬を……。

黄昏時《たそがれ》が迫《せま》る中、ミルフェは魔法使《まほうつか》いにもらった二つ目の袋《ふくろ》を開ける。

こちらは革袋ではなく、魚の浮《う》き袋を使ったものだった。

中に入っていたのは砂金のような粉で、気をつけないと空中に舞《ま》い散ってしまいそうだ。

輝《かがや》きこそ砂金に似ているものの、ふわふわとした軽さは鱗粉《りんぷん》や花粉に近いものがある。

確実に飲み干すために、ミルフェは袋の中に蜂蜜《はちみつ》を入れた。

魔法使いから、必ずそうするよういわれたのだ。

とろりとした蜂蜜をスプーン三杯《ばい》ほど注ぎ、袋を外側から揉《も》む。

そうして蜂蜜と金の粉をよく混ぜ合わせてから、思いきってすべてを仰《あお》いだ。

とろりとろりと舌の上に垂れ、喉《のど》に向かっていく甘い蜂蜜は……味わってみても蜂蜜でしかない。金の粉には味がないのか、それとも蜂蜜の味が強すぎるのか、普段《ふだん》と違《ちが》うものを飲んだ実感はなかった。

ごくんと飲み干してから窓辺の鉢を覗いてみたが、土の上に種が置いてあるだけで、なにも見えない。

ミルフェは首をかしげつつ、ワインを口にした。

甘すぎる口の中を洗い流すように飲みながら、ふと窓の外を見る。

すぐ近くにある白樺《しらかば》林に、なにか光るものがよぎった気がした。

おそるおそる窓を開けてみると、すぐ目の前を蝶《ちょう》のようなものがすうっと飛んでいく。

それは透《す》き通る何枚もの翅《はね》を持ち、白樺林の向こうに消えた。

見間違《みまちが》いかと思ったが、木の根元にもバッタに似たものが見える。

じっと目をこらすものの透けていて、はっきりとした輪郭《りんかく》はわからなかった。

しかし確かになにかがいる。

ふわふわと飛んだり跳《は》ねたりしている。

ミルフェはそれらを近くで見たくなり、居間から飛びだした。

廊下《ろうか》に出て工房《こうぼう》に続く扉《とびら》の前を横切り、正面にある玄関扉《げんかんとびら》に向かう。

客が来ることもあるので気をつけながら開けると、見慣れた景色が違って見えた。

平らの石を敷《し》き詰《つ》めた玄関ポーチの先にある、門扉《もんぴ》や看板の上になにかがいる。

それはミルフェの視線に気づくと、逃《に》げるようにぱっと飛んでいってしまった。

虫のようで虫ではなく、うっすらと透き通る小さな生き物だ。

目の前の白樺林には、数えられないほどたくさんの生命体が舞《ま》っていた。

白っぽく見えるものもいれば、葉のように緑色のものもいる。虹色《にじいろ》のものもいる。

これが妖精なのだろうか。そうだとしたら白樺の妖精なのか、それとも地面を覆《おお》い尽くしている草花の妖精なのか……今すぐにでも魔法使いに訊《き》いてみたかったが、彼女は国境の近くのルフレイ峡谷《きょうこく》に住んでいるそうで、訪ねるには半日以上かかる。

——もっと詳《くわ》しく聞いておけばよかった。

ミルフェは興奮しながら何度もまばたきをして、しばらく目を閉じてから開いてみた。もしかしたら気のせいではとうたがいつつ見てみると、さらにたくさんの妖精が見える。気のせいでも夢でもない。

おそらく彼らは元々ここにいて、これが日常風景だったのだ。

見えなかっただけで、彼らはいつも近くにいた。

魔法使いからもらった金の粉を飲んで、自分が変わっただけなのだ。

「すごい……ああ、すごい、嘘《うそ》みたいだ」

ミルフェは西の空に向かう太陽を見上げ、目をくらませてからふたたび白樺林を見る。

そんなふうに何度も確かめてしまうほど不思議で、信じられない光景だった。

玄関ポーチを出て門扉の外まで行くと、森の中の池が鏡のごとく光っている。

昨日までとは違って見える池に向かって、ミルフェはそっと足を進めた。

いったいどの個体がなにの妖精なのかわからなかったが、池の周りには色とりどりの妖精が集まっていて、中には人の姿にそっくりなものもいる。

それでいて翅が何枚もあり、大きさもまちまちだった。

親指ほどしかない者もいれば、ワインボトルほど大きな者もいる。

彼らは仲間同士でなにやら話している様子だったが、ミルフェを見るなり蜘蛛《くも》の子を散らすように飛んでいってしまった。そうかと思えば自ら寄ってくる者もいて、くすくすと笑い声を立てながらミルフェの頭上を舞い飛んだ。

「こ、こんにちは」

妖精の笑い声を確かに聞いたミルフェは、緊張《きんちょう》しながら挨拶《あいさつ》をする。

返事を期待するものの、妖精たちはびっくりして逃げていってしまった。

笑っているのはわかるが言葉はわからず、こちらの言語も通じていないのかもしれない。

見慣れた世界が急に輝きだしたことにとまどいながら、ミルフェは呼吸を整える。

自分がだいぶ興奮しているのを自覚し、ひとまず家に戻《もど》ることにした。

透き通る妖精が羽虫のように飛ぶ白樺林を背にして、門扉を潜《くぐ》る。

家具屋の看板をちらりと見てから玄関ポーチを通り、誰《だれ》もいない廊下を進んだ。

家の中に妖精の姿はなく、工房に続く扉もいつも通りの状態に見える。

それでも気になってそうっと開けてみると、工房に薄茶色《うすちゃいろ》と緑色の妖精がいた。

家具屋の工房なのでクルミやトチノキの板が無数に並べてあるのだが、その上に人間の姿に似た妖精たちが座っていて、なにやら話している。

「木の妖精……さん？」

声をかけると、妖精たちはびくっとふるえて逃げていった。

彼らは壁《かべ》をすり抜《ぬ》けられるようで、窓など無視して次々と出ていく。

あっという間に誰もいなくなった工房を見ていると、ミルフェは妙《みょう》に悲しい気持ちになった。

今朝の状態と同じになっただけなのに、両親や兄夫婦《ふうふ》が亡《な》くなったときのことを思いだす。

一年中、ほとんど毎日誰かしらが作業をしていた工房には、かつてのような活気がない。

以前はミルフェを含《ふく》む五人で詰めていることも多かった空間だ。

あの頃《ころ》はかんなで木を削《けず》る音や、やすりをかける音が小気味よく響《ひび》いていた。

ミルフェの父親と兄は家具を作り、母親と兄嫁《あによめ》はカトラリーなどの小物を作り、ミルフェは幼い頃からどちらの手伝いもしていた。

『ミルフェ、こっちはもういいから母さんの手伝いをしてやれ』

『ミルフェは手先が器用だから助かるわ』

父と母は、年を取ってからできたミルフェをとても可愛《かわい》がってくれた。

兄夫婦も実の子供のように接してくれたので、記憶《きおく》には幸せな日々しかない。

もちろん仕事のことで意見の食い違いがあったり、喧嘩《けんか》をしたり、ちょっとしたいたずらを叱《しか》られたりと、完璧《かんぺき》ではない日もあった。でもそれすらも最後は笑いに変わって、信頼《しんらい》し合う家族ならではの想《おも》い出になっていた。

五人で仲よく暮らし、毎日のように客が来て家具を注文し、小物を買っていく。

工房も食卓《しょくたく》も常に活気があり、笑顔《えがお》に溢《あふ》れている。

それがミルフェにとって当たり前だったのだ。

――誰もいなくなっちゃった。

妖精《ようせい》たちが出ていった工房を、ミルフェは端《はし》から端までぼんやりと眺《なが》める。

大型家具の納品の帰りに落石事故に遭《あ》い、家族四人がこの世を去ったのは、ミルフェが十二歳のときだった。

それから七年、ミルフェはひとりで暮らすには大きすぎる家で暮らし、誰にも頼《たよ》らずに店を切り盛りしてきた。

子供ながらによい客とよい仕事に恵《めぐ》まれて、これまで順調に生きてこられたけれど、もっと誰かと一緒《いっしょ》に過ごしたかった。もっと話がしたかった。

今日こそは世間話を……と思っても上手《うま》くいかず、いつも最低限の会話ばかり。

話したいことが溜《た》まりに溜まって、最近はひとりごとが増えている。

――ひとりのようで、ひとりじゃなかったんだ。

木の妖精が戻ってくるかもしれないと思い、ミルフェはしばらく待ってみた。

言葉は通じないけれど、クルミの木の精が「わたしは素敵な椅子《いす》になりたいわ」なんて……他《ほか》の木の精に話しているのを想像する。

待てども待てども工房は空のままだったが、一晩経《た》てばまた戻ってきてくれるかもしれない。

明日《あした》からは、妖精が見えても見えない振《ふ》りをしよう――そう思った。彼らは話し相手になる存在ではないようだし、おどろかせて誰もいなくなってしまうのはさみしい。

――花の種は、違《ちが》うのかな？　僕の恋人《こいびと》になってくれるかもしれない、男の妖精……。

居間に戻ったミルフェは、テラコッタの鉢《はち》を置いた窓に近づく。

つい先ほど水を与《あた》えたばかりなのでなにもすることがなかったが、そっと覗《のぞ》き込んだ。

すると不思議なことに、もう発芽している。

小さな黄緑色の芽が、ぴょこんと愛らしく立ち上がっている。

「わ、ぁ……すごい、本当に種だったんだ」

花の種というよりは魔《ま》法《ほう》の種といったほうが相応《ふさわ》しいそれに、ミルフェは微笑《ほほえ》みかける。

花が咲《さ》くまで何日かかるのかわからないが、成長をたのしみに待つことにした。


魔法使いに会ってから一週間が経ち、魔法の種は大きな薔薇《ばら》の蕾《つぼみ》に育っていた。

夕暮れの空のように青い薔薇には棘《とげ》があり、蕾はミルフェのこぶしほどもある。

その重そうな蕾をしっかりと支える茎《くき》は、根元のほうが木になっていた。

到底《とうてい》考えられない成長の早さだ。

根はテラコッタの鉢の外まで伸《の》びて、植え替《か》えてあげたくてもできないくらいがっちりと鉢に絡《から》みついている。

この一週間、ミルフェは仕事をしながら薔薇に水を与えたり、日に当てたりといった簡単な世話をした。一度は出ていった木の妖精たちが工房《こうぼう》に戻ってきたので、ミルフェは彼らと目を合わせないようにして、その存在だけを感じていた。

途中《とちゅう》、ベリーを摘《つ》みにいった日もあり、そのときはベリーの妖精たちに出会った。

一週間でわかったことだが、妖精にもいろいろいるらしく、昆虫《こんちゅう》に近い形をしたものはしゃべらない。こちらの動きに対しても鈍感《どんかん》な様子だった。

人に近い形をしたものほど知性が高く、くすくす笑ったり話したりしている。

ベリーの妖精はベリーと同じ色をしていたのでとてもわかりやすかったが、その他の妖精は見分けがついたりつかなかったりまちまちだった。

ミルフェは仕事柄《しごとがら》、木に詳《くわ》しいので、木工所から届いた板についている妖精は見分けがつくようになった。

センノキ、トチノキ、クルミ、クリなど、それぞれの板に妖精がついてきて、自分たちがどう加工されるのかどきどきしている様子がうかがえた。

――あの薔薇、今日あたり開花するかな？　もうだいぶ大きいし。

ミルフェは続き間の厨房《ちゅうぼう》でベリージャムを作りながら、ちらちらと居間の窓に目をやった。

意思の疎通《そつう》が取れなくても妖精が身近にたくさんいると知っただけで、さみしさが薄《うす》まった気がしたものだ。

ましてや会話ができる妖精が現れたら、どんなにたのしいだろう。

大鍋《おおなべ》でベリーと砂糖とレモン汁《じる》を煮詰《につ》めていると、誰かに呼ばれたような気がした。

居間に顔を覗かせるが、誰もいない。

客が来たわけでもなく、妖精たちがなにやら騒《さわ》いでいた。

人間には理解できない言葉だが、なんとなく浮《う》き足立っているのがわかる。

妖精たちが居間に入ってくるのはめずらしく、ミルフェはなにかが起きることを察した。

おそらく魔法の薔薇が開花しようとしているのだ。

妖精たちはそれに気づき、外から見物に来ているのかもしれない。

火を消して居間に飛び込んだミルフェは、妖精たちが集《つど》う窓辺に向かった。

ふっくらとした青い蕾が、今まさに開こうとしている。

天鵞絨《ビロード》のような花弁が外側から一枚一枚開いていって、最後には渦《うず》のように巻いた中心部がほころんだ。

「あ……っ」

薔薇らしくないほど開ききった花の中に、人がうずくまっている。

全裸《ぜんら》で色の白い、長いブロンドの青年だった。

立ち上がったとしても背の高さはミルフェの親指ほどだろう。

とてもとても小さな青年だ。

魔法使いは彼のことを背が低いといっていたが、手足がすらりと長く、たくましく見える。

きっと人間だったときは背が高く、どんなにか立派な美丈夫《びじょうぶ》だったに違いない。

「こ、こんにちはっ」

丸くなって眠《ねむ》っている様子の青年に、ミルフェは思いきって声をかけた。

薔薇の妖精らしき青年はぴくりと反応し、まぶたを上げる。

あまりにも小さいのでルーペが欲しくなるが、目のよいミルフェには彼の表情までとらえることができた。

「はじめまして、僕はミルフェといいます。王都の郊外《こうがい》で家具屋を営んでいます」

青年が目を覚ましたので、ミルフェは丁寧《ていねい》に挨拶《あいさつ》をした。

あまり近くにいるとおそろしいのではと思い、一歩後ろに引く。

おそろしいどころか、気をつけなければ息で吹《ふ》き飛ばしてしまいそうだった。

声も少し控《ひか》えめにして話すくらいがちょうどよいかもしれない。なにしろ彼にとって自分は巨人《きょじん》のようなものだ。人間の男にしては小柄《こがら》なのだが――。

「……」

ブロンドの青年は、大きな青い薔薇の中心で顔を上げる。

長い髪《かみ》が肩《かた》からするりと落ちて、胸の前で揺《ゆ》れていた。

目は大空のように青く、眉《まゆ》はきりりと美しい線のようだ。

巨人同然に見えるだろうミルフェを見上げて、青年は居竦《いすく》まる。

ただただ呆然《ぼうぜん》としている様子だった。

口を開きはしたが、声が出ていない。

それとも声が小さくて聞こえないだけだろうか——と思って顔を近づけると、青年は全身をびくうっとふるわせて後ずさる。

よほどおそろしかったのだろう。そのまま薔薇の外へと落ちてしまった。

「あ……っ、危ない！」

開ききった花弁を沈《しず》ませて転がった青年は、鉢の外側に落ちていく。

ミルフェがあわてて両手を伸ばすと、青年の体はたちまち大きくふくれ上がった。

なにが起きたのか一瞬《いっしゅん》わからなかったが、両手にずんと重みがかかる。

親指大のときとは明らかに違う重みだ。

「お、大きく……っ、大きくなりましたね！」

ミルフェは両手で青年を確保し、ありのままを口にする。

掬《すく》うように彼をとらえながら、おどろくほど大きくなった体を見下ろした。

親指ほどしかなかった青年の身の丈《たけ》は、ワインボトルと同じくらいになっていた。

顔や体の造形が見やすくなり、コショウ大だった目も瞳孔《どうこう》と虹彩《こうさい》がはっきり見える。

やはり大空の色をしていて、びっくり眼《まなこ》でこちらを見上げていた。

「はじめまして、ミルフェといいます」

裸《はだか》の青年の胸や性器に目をやってしまったミルフェは、そのことに気づかれないようさっと視線を上向ける。

顔以外は見ないように気をつけながら、もう一度「大きくなりましたね」と声をかけると、彼は「なんなんだ⁉」と初めて声を上げた。

「どうかおどろかないでください。僕は巨人とかではありませんので」

「巨人だろう！」

「いえ、そうではなくて……あの、貴方《あなた》は魔法で薔薇の種に閉じ込められていたみたいです。すごく小さくされて、百年間ずっと眠っていたと聞いています」

「――百年？　百年間、眠っていた？」

ワインボトルほどの青年は、ミルフェの言葉を鸚鵡返《おうむがえ》しにする。

おどろき眼のまま自分の体を見下ろして、全裸であることや、巨人のようなミルフェの手の中にいることを認識《にんしき》したようだった。

上を見て下を見て、そして左右と後ろを見回して、そのままふらりと倒《たお》れてしまう。

「あの……っ、大丈夫《だいじょうぶ》ですか？」

ミルフェは裸の青年を両手に抱《だ》いた状態から、ひとまず彼をどこかに下ろそうとした。

この状況《じょうきょう》にとまどっている彼を落ち着かせるには、『巨人』である自分が一歩も二歩も引くことが先決だ。

自分をぱくりと食べかねないほど大きな者が近くにいては、なにごとも冷静に考えられないだろう。

「あ、そうだ……ちょっと待っていてください。落ち着けるところに移動しましょう！」

気絶寸前の青年を窓辺に下ろそうとしたミルフェは、それよりもよい場所を思いつく。

落とさないよう彼を胸元に抱《だ》き寄せ、ベリーの香《かお》る居間を出た。

廊下《ろうか》から自分の部屋に向かう。

「……ど、どこへ!?」

「箱庭です！　僕の箱庭にお連れします！」

指にがしりとつかまっておびえている青年を、ミルフェは自室に連れていく。

かつて両親が使っていた大きな部屋を、今は模型部屋として使っていた。

西日が射《さ》し込む室内には、床面積《ゆかめんせき》の半分以上を占《し》める小型模型の邸宅《ていたく》がある。

屋根だけはなかったが、それ以外は実物を六分の一に縮小した精密なものだ。

モデルにしたのは王都にある旧伯爵邸《はくしやくてい》で、現在は美術館として公開されている。

広大な前庭もあり、貴族が好む豪奢《ごうしや》な寝室《しんしつ》や広間がたくさん用意されていた。庭の片隅《かたすみ》には庭師小屋や使用人屋敷《やしき》もあって、そちらには簡素な調度品がしつらえてある。

「これはなんだ？　屋根がないぞ！」

「これは僕が作った箱庭です。王都にある旧アントニール伯爵邸を模したものになっています。

現在は美術館で、自由に見学できるのでモデルにさせてもらいました」

「アントニール伯爵邸⁉」

「はい。そちらの一階部分のみを模型にしたものです」

「待て、待ってくれ……っ、アントニール伯爵邸なら行ったことがあるが、旧とは？　現在は美術館？　箱庭？　もう、なにがなんだかわからないっ」

気絶はしなかったもののひどく混乱している青年を、ミルフェは胸元《むなもと》からそっと下ろす。

窓辺よりもここで下ろすのが一番だと思い、彼の体を庭師小屋のベッドに乗せた。

ただ単に一番端《はし》にあって近かったから庭師小屋を選んだのだが、実際に彼を下ろしてみると、簡素なベッドはまったく似合わなかった。

青年の豪華《ごうか》なブロンドや凛々《りり》しく美しい容貌《ようぼう》には、伯爵邸の主寝室《しゅしんしつ》のベッドのほうが似合いそうだ。

「なんと、なんと不思議な……私は夢でも見ているのか？」

青年は相変わらず混乱していたが、ミルフェの判断は正しかったようだった。

自分の体に合う大きさの空間に下りたことで、いくらか落ち着き始めている。

ベッドから下りて白いシーツを引きはがすと、全裸の体にぐるぐると巻きつけた。

そうして裸ではなくなってから庭師小屋を見回し、おそるおそるミルフェを見上げる。

「落ち着かれましたか？」

彼の顔に恐怖《きょうふ》が張りついていたので、ミルフェは床《ゆか》に膝《ひざ》をついたまま少し後ろに下がった。青年は天井《てんじょう》のない箱庭の片隅でふるえ、状況把握《じょうきょうはあく》に必死になっている。

クルミよりも小さな顔は、これ以上ないくらい青ざめていた。

魔法使《まほうつか》いから種を受け取ってから一週間、ミルフェは彼に会えるのをたのしみにしていたが、呑気《のんき》にすごしていたことをくやんだ。

如何《いか》なる事情があったのか知らないが、小さな種に閉じ込められて百年間も眠っていた彼の気持ちも考えず、わくわくしていたのを申し訳なく思う。

「すぐに落ち着けるように、説明を……考えておけばよかったです。あの、ここは……王都の郊外にある家具屋で、貴方が今いるそれは……僕が長年かけて作った小型模型の箱庭なんです。僕が巨人なわけではなく、貴方が小さくなっているんです」

「──私が、小さく……」

「はい。先ほどまでは僕の親指くらい小さくて、そのあとすぐにワインボトルと同じくらいの大きさになりました」

「では、ではまた大きくなるのか？　私は元の姿に戻《もど》れるのか？」

「それはわかりません。魔法使いからは、貴方は妖精《ようせい》になって生き延びたと聞いています」

「私が、妖精に？」

「魔《ま》法《ほう》の種から発芽して、青い薔薇《ばら》が咲《さ》いて、その中から貴方が出てきました」

なるべく彼を刺激《しげき》しないよう控えめな声で説明したミルフェの眼下で、青年は自分の口元を両手でふさいだ。顔色は今もなお悪く、吐《は》きそうな様子に見える。

「大丈夫ですか？　なにか、お水とか、必要なものがあれば用意します。あ、お風呂《ふろ》とか……入られますか？　箱庭の中にはお風呂もありますし、お湯を用意できますよ。あとは、食べるものとか必要ですか？　なにがいいですか？」

青年になにをしてあげればよいかわからなかったミルフェは、どんな願いでも叶《かな》えたくて「なんでもいってください」と声をかけた。

シーツを体に巻きつけた青年は、かぶりを振《ふ》ってベッドに腰《こし》かける。

またしてもふらりと倒れそうだったが、かろうじて座り姿勢を保っていた。

「――なにも要《い》らない……しばらく、ひとりにしてくれ」

彼は消え入りそうな声でいうと、今度は額を押さえてうずくまる。

なんと声をかけてよいかわからないくらい、ひどい落ち込みようだった。

考えてみれば当たり前だ。

目覚めたら百年経《た》っていて、しかもとんでもなく小さくなり、見ず知らずの『巨人』に見下ろされていたら……自分だったら正気ではいられない。

親切にしたくても世話を焼きたくても、彼にとって自分は脅威《きょうい》なのだと自覚したミルフェは、さらに後ろに下がった。

より控《ひか》えた声で、「暗くなる前にまた来ます。箱庭の中は自由に使ってください」と告げて慎重《しんちょう》に身を起こす。

足音を立てたり床に振動《しんどう》を響《ひび》かせたりしてはいけないと思い、すり足で静かに立ち去った。

廊下に出ると、びっくりするほどたくさんの妖精が集まっていた。

人の姿に近い……おそらく知性の高い大きめの妖精たちが、こちらの様子をうかがっている。

彼らは青年のいる部屋に入りたがっているように見えた。

青年はこの妖精たちとは違《ちが》って透《す》けてもいないし実体があったが、それでも妖精なのだから、なにかしらやり取りができるのかもしれない。

少なくとも姿は認識できるだろう。

「今は、そっとしておいたほうがいいと思うよ」

言葉が通じないことをわかっていながら、ミルフェは妖精たちに話しかける。

気持ちが伝わったのか、彼らは模型部屋に入らずに散っていった。

工房《こうぼう》に向かう者、玄関《げんかん》に向かう者と様々だ。

――そうだ、夕方までに必要なものを揃《そろ》えよう。まずは服をなんとかしないと……。

ミルフェは全裸《ぜんら》だった青年のために、人形の服や靴《くつ》を買いにいくことにする。

王都では貴族を始めとする富裕層《ふゆう》に人形が大人気で、衣服や小物を取り扱《あつか》っている店もある。

ミルフェもまた、ここ数年の人形人気にあやかっている職人のひとりだった。

町まで行って帰ってきたミルフェは、ベリージャムを作り終えてひとりでお茶を飲み、日が暮れるのを待った。

空がオレンジ色になってきたのを見計らって、静かに居間を出る。

人形用の服を四着と革靴《かわぐつ》を二足――どれも貴公子スタイルの華《はな》やかなものばかりだが、そういったものしか売っていなかったのでとりあえず用意して、箱庭のある部屋に向かった。

足音はもちろん扉《とびら》をノックする音にも気を遣《つか》う。

爪《つめ》でコツコツと叩《たた》く音からスタートして、最終的には普通《ふつう》のノックをした。

「失礼します。日が暮れてきたので入りますね」

怖《こわ》がらせないよう声の大きさと動作の速度に注意して、扉を開ける。

ミルフェが模型部屋として使っている部屋には、作業机と椅子《いす》が一つずつあり、それ以外は木枠《きわく》で囲まれた箱庭が占めていた。

旧アントニール伯爵邸の一階部分と、庭園、庭師小屋と使用人屋敷を再現した箱庭は実物の六分の一の大きさで作ってあり、この部屋にはあまりにも大きすぎるものだ。

それこそ美術館などに展示したほうが合うのだが、もちろん動かすことはできない。

ミルフェが自分の腕《うで》を磨《みが》くために作った習作がほとんどとはいえ、ミニチュア家具や小物の出来は本物と差がないくらいで、それに関してはミルフェも自信を持っている。

「あの、こんばんは……服と靴を用意したので、お邪魔《じゃま》してもいいですか？」

小柄《こがら》な体をさらに小さくして近づくと、「構わん」と返ってきた。

ひとりの時間をすごして落ち着いたのかもしれない。

近づいて覗《のぞ》いてみると、手前側にある庭師小屋は空になっていた。

ミルフェは箱庭の中を端から端までざっと見て、彼が見つからないのでさらにもう一度よく見て、ようやく彼を見つける。

粗末《そまつ》な庭師小屋が似合わなかった美しい青年は、箱庭の中でもっとも上等な部屋にいた。

主寝室の天蓋《てんがい》つきのベッドに腰かけ、こちらをにらみ上げている。

「そこにいらしたんですね」

「天井がなくて落ち着かないからな」

「天蓋つきのベッドはその部屋だけですからね」

「うむ、全室見て回った」

落ち着いて会話ができたことにほっと胸をなで下ろしたミルフェは、「服と靴はこちらです。下着や靴下《くつした》、帽子《ぼうし》も用意しました。もしサイズが合わないようなら直します」といって、彼が座るベッドの横に靴を並べた。

服は長椅子《ながいす》に四着まとめてかけて、比べやすいよう少しずつずらす。

「裁縫《さいほう》は専門じゃないんですが、少しはできますから」

「お前は職人なのか？」

「はい、僕は家具職人です。家具といっても、今は人形用のミニチュア家具を手がけています。この箱庭も僕が作ったんですよ」

会話が成り立っていることがうれしくて、ミルフェは嬉々《きき》としていう。

しかし返ってきたのは、「そんなことはどうでもよい！」という怒《いか》り混じりの一言だった。

「百年後だといったな、今はファリスタ暦《れき》何年なのだ？　現在の王の名は？」

「――っ、すみません、今はファリスタ暦三百七年です。国王陛下のお名前は……アルベルト三世です。確か、アルベルト・レオニード・ファンファリスタ」

「アルベルトは二世までしか知らない。私が知っているのはファリスタ暦二百七年だ。本当にあれから百年も経ったのか？　私は、グレインロード・フレイアン・ファンファリスタはどうしたのだ？　今の世で……私はどういうことになっているのだ？」

「グレインロード・フレイアン・ファンファリスタ？」

聞き覚えのある名前だった。有名な王子の名だ。

遠い昔に行方知れずになった、放蕩《ほうとう》者の美王子の名に間違《まちが》いない。

まさかと思って口をつぐんだミルフェに向かって、彼……グレインロード王子は、「この国の民《たみ》でありながら私を知らないのか？」といらだたしげにいった。

「あ、あの……知識としては一応知っています。百年くらい前に急に消えてしまった王子様がいたって、聞いています」

「消えたのではない、私は魔女《まじょ》に呪《のろ》われたのだ」

「……呪われて、魔《ま》法《ほう》の種に？」

「この百年どういう姿になっていたのかは知らないが……呪われたのは間違いない。物乞《ものご》いのような恰好《かっこう》で舞《ぶ》踏《とう》会に現れた老女を追い返したら、その夜に窓から魔女がやって来て……っ、それで目の前が真っ暗になって……気づいたら巨人の前にいた！　お前の前にいたのだ！」

「す、すみません、巨人ではないんですが、こわかったですよね？」

「こわくはない、おどろいただけだ！　無礼だぞ！」

「すみません、王子様とは知らず……数々のご無礼を……」

「いったいなぜこんなことになったのだ⁉　誰《だれ》も私を捜《さが》さなかったのか⁉」

グレインロードはシーツにくるまりながら頭を抱《かか》え、悲痛な声で叫《さけ》ぶ。

ミルフェが思っていた以上に動揺《どうよう》している様子で、体がふるえていた。

「本当に……本当に百年後なのか？　父や兄は……もういないのか？」

グレインロードは声までふるわせ、天蓋ベッドのドレープの間からミルフェを見上げる。

どうか嘘《うそ》だといってほしい――そう訴《うった》えるような目をしていた。

正直に答えるべきか迷ったミルフェは、なにもいえずに口を閉《と》ざす。

行方知れずの美王子は第二王子で、放蕩者としても有名だったが、父親や兄に対する愛情はあったのだろう。

彼らがもういないことを察して、うっすらと涙《なみだ》を浮《う》かべていた。

ミルフェが答えられずにいると、「今の王は、兄の子か孫か?」と小さな声で訊《き》いてくる。

「いえ、たぶん……曾孫《ひまご》のはずです」

「——曾孫? 兄の……孫の子か?」

グレインロードは涙をシーツでふき、そのままさめざめと泣いた。

裸《はだか》のうえになんの装飾品《そうしょく》も身に着けていないというのに、王子にしか見えないほど高貴で、きらめくような美しさが悲しみを誘《さそ》う。

ぐしゃりとつかまれたブロンドは、蜂蜜《はちみつ》でも塗《ぬ》ったかのようにとろりと艶《つや》めき、シーツから覗く脚《あし》は長く、肌《はだ》はシルクのようになめらかそうに見えた。

まるで生きた人形のような美しさは、ファンファリスタの歴史に残る美王子だといわれても、なんの違和感《いわかん》もない。

「王子様……あの、僕になにか……できることはありますか?」

「ひとりにしてくれ」

グレインロードは即答《そくとう》するなり天蓋のドレープをつかみ、視線をさえぎるように閉じた。

ミルフェも家族を亡《な》くしているので、ひとりになりたい気持ちはよくわかる。

こんな時なぐさめになるのは、心を許せる家族だけだ。

他人がなにをいおうとなにをしようと、空回りするだけで役に立たない。

今の彼に一番必要なのは、誰にも遠慮《えんりょ》せず涙する時間なのだ。


二階にある自室で眠《ねむ》ったミルフェは、不思議な夢を見る。

グレインロード・フレイアン・ファンファリスタ王子が、王宮にいたころの夢だ。

思い起こせば、伝承の彼は性的異端《いたん》者としても名が知られていた。

もちろん、神に背《そむ》く王子としての悪名だ――。

彼はブロンドの美青年に目がなくて、大勢侍《はべ》らせては好き勝手に遊んでいたらしい。

ミルフェが見たのはまさにそういった光景で、時を超《こ》えたかのように鮮明《せんめい》だった。

『この宝石を奪《うば》い合え！　もっとも大きな石を取った者を、今夜の相手とする！』

光沢《こうたく》のあるシルクのコートとヴェストを着たグレインロードが、緋絨毯《ひじゅうたん》の敷《し》かれた大理石の床《ゆか》に石を投げる。

似たような恰好をした細腰《ほそごし》の青年たちが、我先にと飛びだして床を這《は》った。

石を取ってもそれで終わらず、袖口《そでぐち》からこぼれるレースをひっつかみ、取っ組み合いをして石を奪い合う。

きらびやかで優《すぐ》れた容姿の人ばかりだったが、争う姿はとても見苦しく見えた。

彼らを高みから見下ろすグレインロードは、手を叩いて笑っている。

追加の石を放《ほう》り投げ、みにくい競争をさらに煽《あお》っていた。

――現実に起きたこと？　それとも、悪い印象を持っていたせい？

明け方に目を覚ましたミルフェは、見てはならないものを見てしまった気がして、罪悪感に胸を痛める。

同時に、放蕩王子の世話をするという現実に不安を抱《いだ》いた。

夢が単なる夢だったとしても、彼が百年前の王子である事実は変わらない。

妖精《ようせい》の仲間になった王子の姿が見える人間は限られるのだろうし、彼には自分が頼《たよ》りだ。

――どうしよう、まずなにをして差し上げたら……。

考えてみれば、昨夜は食事も飲み物も用意しなかった。

ひとりにしてくれといわれたとはいえ、あまりに気が利《き》かなかったと反省する。

貴人は毎日入浴すると聞いているし、今頃《いまごろ》とても気持ちの悪い思いをしているかもしれない。

とにかく飲み水は必須《ひっす》だ。

今からでもすぐに持っていかなければならない。

「失礼します。お水をお持ちしました」

一階に下りて水差しを用意したミルフェは、模型部屋の扉《とびら》をノックする。

頭の中で、やるべきことの手順を思い描《えが》いた。

まずミニチュアのティーセットをどこかの部屋から取って、埃《ほこり》がついていないかを確認《かくにん》し、綺麗《きれい》にふいてから水を注ごう。

それから食事と入浴に関して希望を訊き、可能な限りの用意をしよう。

昨日購入《こうにゅう》した服もサイズ調整の必要があるかもしれないし、仕事と家事以外にもやることがたくさんある。

「あの、近くに行ってもよろしいですか？」

相手は王子様だと思うと……それも、夢の中で宝石を投げて哄笑《こうしょう》していたあの放蕩王子だと思うと、全身がひりつくような緊張感《きんちょうかん》があった。

余計な物音を立てないよう静かに踏《ふ》み込んだミルフェに、彼は「うむ」と返してくる。

「おはようございます。昨日はお水も用意せず申し訳ありませんでした」

謝りながら箱庭の主寝室《しゅしんしつ》を覗《のぞ》き込んだミルフェは、長椅子《ながいす》に腰《こし》かけるグレインロードの姿に目をとめる。

シーツにくるまっているイメージがあったが、彼はしっかりと服を着込んでいた。

ミルフェが昨日購入した服のうち、目の色に近い空色のものを選んで着ている。

シルクのコートとヴェストとシャツ、クラヴァットに、下はふくらはぎがあらわになる膝下《ひざ》丈《たけ》の脚衣と長靴下《ながくつした》。靴はかかとの高いものを履《は》いていた。

　夢の中で見た彼のように王子らしい装《よそお》いだ。

「服、とてもお似合いですね。直したほうがいいところはありましたか？」

「いや、特にない。靴が少しゆるかったので自分で詰《つ》め物をして調整した。それよりちょうど水が欲しいと思っていたところだ」

「遅《おそ》くなってすみません。夜の間、喉《のど》が渇《かわ》いてつらくなかったですか？」

「つらくはなかったが、どうやら今の私は人間ではないらしい」

「……え？　あ、はい」

「腹も減らぬし、喉も渇かない。ただし体は水分を求めているように感じるのだ。湯に、いや、水でいい。水に浸《つ》かりたい。そうしなければ枯《か》れてしまう気がする」

　すっかり落ち着いた様子のグレインロードは、ミルフェを見上げながら隣《となり》の部屋を指差す。

　その先にあるのはミニチュアの浴室で、銀製の浴槽《よくそう》が置いてあった。

「今の王子様は、たぶん薔薇《ばら》の妖精だと思うので、お水を体から吸い上げる必要があるのかもしれませんね。お水でよければすぐに入浴の準備をします」

「ああ、頼《たの》む」

　グレインロードはそういうなりコートを脱《ぬ》ぎ、浴室に移動する。

　ミルフェから見ればワインボトルほどの大きさしかなく、人間ではないことは明らかだったが、それを彼自身が受け入れたことにほっとした。

一晩泣いて、あれこれと考えた結果なのだろう。

百年も眠っていたこと、家族がもういないことを乗り越えた様子だった。

特に威張《いば》っているわけでもなく、今のところ至極《しごく》真っ当な王子に見える。

かしずかれることに慣れてはいても、無駄《むだ》に威張り散らしたりはしない王子だ。

これが本当の彼であるなら、あの夢は悪い印象が生み出したものにすぎないのかもしれない。

それなら本当に申し訳ない話だ。あんなひどい夢を見たことを話すわけにはいかないが、心から謝りたい気分だった。

「春とはいえ水では寒そうですが、本当に大丈夫《だいじょうぶ》ですか？　せめてぬるま湯にしますか？」

水風呂《みずぶろ》に浸かったグレインロードに声をかけると、「いや、これでいい」と返ってくる。

見た目には、適温の湯に浸かってくつろいでいるように見えた。

浴槽から両手を投げだし、仰向《あおむ》けになってほうっと息をついている。

もっと、ああしろこうしろと要求されるのではと覚悟《かくご》していたミルフェを余所《よそ》に、グレインロードは「気持ちがいい」と感嘆《かんたん》の声をもらした。

「やはり水分が必要な感じですか？」

「――そうだな、人間ではなくなったのだと実感する。昨日までは……いや、百年前までは、ミルクをたっぷり混ぜた湯に浸かっていたものだ。薔薇の花びらを浮《う》かべて」

「ご希望ならそのようにできますよ」

「いや、いい……綺麗な水がよいのだ。体が求めている」

「はい」

やはり悪い王子ではない気がして、ミルフェは彼のためにもっと尽《つ》くしたくなった。

なにをしてあげられるのか、なにをしたらよろこんでもらえるのか、いわれなくても察することができるようになりたい。

魔法使《まほうつか》いがいっていた通り、彼にとって自分は唯一《ゆいいつ》無二の存在だ。

もちろん恋人《こいびと》という意味ではない。

相手が王子様となればそんな期待はもうしないけれど……世話係として唯一無二なのは間違《まちが》いない。

なにしろ彼は妖精で、他の人間には見えないのだから——。

「湯上がりになにか、欲しいものとかありますか？」

「……綿のタオルとシルクのバスローブが欲しい。それから香水《こうすい》と上質なオイルを……それと、日光に当たりたい気がする。それがとても重要なことに感じるのだ」

「わかりました、まずはカーテンを開けますね。箱庭が日焼けしないよう、この部屋は一年中カーテンを閉めきっているんです。今日からは開けっ放しにしておきましょう。オイルは肌《はだ》や髪《かみ》に塗《ぬ》るためのものでいいですか？　香《かお》りの好みとかありますか？」

「ああ、薔薇のオイルが私の好みだ。香水はブラックオーキッドの香りで、名前は『夜明けの貴人』。百年後の世界では存在しないかもしれないが、調香師《ちょうこう》に相談してなるべく近いものを用意させてくれ」

「はい、そのようにします。今から出かけてきますね」

ミルフェはすぐにメモを取り、工房《こうぼう》に行って綿とシルクの切れ端《はし》を持ってくる。

バスローブはあとで縫《ぬ》うことにして、今は切れ端で我慢《がまん》してもらうことになった。

これまで一度も香水やオイルを使ったことがないミルフェは、やはり王子様は違《ちが》うのだなと感心する。

あのきらめくような肌や髪には、それなりの理由があるのだろう。

香水が如何《いか》ほどなのかわからないため、銀貨を多めに持って家を出る。

金がかかることに関しては気にならなかった。

自分が世話をする立場にあること、家に人がいることがうれしくて、彼のためにどんなものでも用意してあげたかった。


グレインロードはミルフェが用意した薔薇の香りのオイルを肌や髪に塗り、百年後の現在も貴族に愛されている『夜明けの貴人』を首や手首に塗る。「どちらもつけすぎた。この体だと加減が難しい」とはいっていたが、おおむね満足しているようで機嫌《きげん》は悪くなかった。

ミルフェは工房ではなくグレインロードがいる模型部屋でシルクのバスローブを縫い、彼といろいろな話をしようと思っていた。

そう思ったところで上手《うま》く切りだせなかったが、これからずっと世話を続けるためにも、彼のことをもっとよく知りたかった。

「あの……殿下《でんか》はおいくつでいらっしゃいますか？」

「二十三だ。眠《ねむ》っていた時間も入れるなら百二十三なのかもしれない」

「眠っていた時間は入れなくてもいいと思います。僕の個人的な意見ですが……」

「お前は子供なのに職人なんだな」

「あ、はい……子供の頃《ころ》から職人です。でも今は子供ではありませんよ、十九ですから」

「——っ、十九!?」

フリルがたっぷりついたシャツと空色の脚衣姿のグレインロードは、長椅子に腰かけながら素《す》っ頓狂《とんきょう》な声を上げる。

目を大きくむいていて、よほどおどろいた様子だった。

「子供っぽく見られてしまうんですが、もう十九です」

「十四、五かと思っていたぞ」

「背があまり伸《の》びなくて」

苦笑《くしょう》するミルフェよりも、今は遥《はる》かに背の低いグレインロードは、複雑そうな顔で「確かに小柄《こがら》に見えるな」とつぶやいた。

「巨人《きょじん》にしか見えないが、人としては小さそうだ」

「はい。殿下は本当はとても大きいんでしょうね、すらっと背が高そうだ」

「もちろんだとも。かかとの高い靴《くつ》を履《は》いたら、高すぎるくらいだった。それがまさかこんなことになろうとは」

はあ……と深い溜《た》め息をつくグレインロードに、ミルフェはなんと声をかけてよいか迷う。

いつか元の大きさに戻《もど》れますよ――といいそうになったが、そんな保証はまったくなく、無責任なことはいえなかった。

「あの魔女《まじょ》に会って元の姿に戻させたい。老女につれなくした私の態度が悪かったとしても、百年も拘束《こうそく》するなどやりすぎだと思わないか？　親の死に目にあえなかったのだぞ」

「お、思います……おっしゃる通りです」

「そうだろう。百年前の態度を謝れというなら謝ってもいいが、そもそも向こうがやりすぎだ。私の態度が罪だというなら、もう十分つぐなった。そう思わないか？」

「はい、思います」

「お前は魔女の居場所を知っているか？」

「――あ……いえ」

咄嗟《とっさ》に否定してしまったミルフェは、心臓につきんとした痛みを覚える。

魔法使いはルフレイ峡谷《きょうこく》に住んでいるとはっきりいっていたし、元々そういった噂《うわさ》を聞いたことがあった。

だがそれをグレインロードにいいたくなくて、ミルフェは故意に知らない振《ふ》りをする。

「すみません、あまり詳《くわ》しいことは……」

「そうか、では私の代わりに調べてくれないか？　お前は魔女に会ったのだから、特徴《とくちょう》などもわかるだろう。町の物知りに訊《き》くなり城にいって有識者に相談するなりしてくれ。どうしても元の姿に戻りたい。小人よりも小さな、こんな姿で生きていくなど耐《た》えられない」

「は、はい」

グレインロードの主張は彼の立場に立って考えれば当然のことだったが、ミルフェは自分が置き去りにされたような気持ちになる。

これから先、彼と一緒《いっしょ》に暮らせると思っていた。

自分は彼の世話係になって、彼は自分に頼《たよ》りきりになり、そうして仲よくやっていけると思っていた。

魔法の種を鉢《はち》の上に置いたときからずっと、そんな日々を思い描《えが》いていたのだ。

「ところでお前の名はなんといったか？」

「ミルフェです。ミルフェ・ブラネットといいます。ここは王都の郊外《こうがい》にある家具屋で、今は僕ひとりでやっています」

「ひとりで？　親は亡《な》くなったのか？」

「はい。以前は両親と兄夫婦《ふうふ》がいたんですが、七年前に落石事故で亡くなりました。それで、家具屋を続けるのは難しいと思っていたんですが……ふさぎ込んでいたら突然《とつぜん》、猫《ねこ》の家具の注文が入って」

「猫の家具？」

「お金持ちの夫人が、可愛《かわい》がっている猫専用のソファーを作ってほしいといって、子供だった僕に仕事をくれたんです。ひとりでは大きな家具を扱《あつか》えませんが、猫のものなら作れますし、配達もできますから」

ミルフェはバスローブを縫う手を止め、最初に作った猫用家具の大きさを示した。

ひとりになってから請《う》けた初めての仕事は、普《ふ》通《つう》のソファーを作るのとほとんど変わらない稼《かせ》ぎになり、家族を失って絶望していたミルフェに希望を与《あた》えてくれた。

それから犬猫用の家具の注文が殺到《さっとう》したうえに、その頃から貴族の間で人形が流行《はや》りだし、ミルフェが作る小さな家具は大人気になったのだ。

町には同じようなものを取り扱っている店もあるが、ミルフェの作る家具のほうが圧倒《あっとう》的に人気が高かった。

なにしろ品質にこだわっている。

ミルフェは人形用だからといって強度を甘くすることはなく、実際に人間が使うものと同じくらい丁寧《ていねい》に作り込んだ。

もちろん素材も厳選していて、椅子《いす》などは座ったときにひんやりせず、木のぬくもりが体に伝わるよう、クルミやトチノキを使用して作っていた。

硬《かた》くても冷たくても人形は気にしないはずだが、なんとなくいやだったのだ。

同じ理由で仕上げも丁寧に行っており、子供がどこをさわっても棘《とげ》など刺《さ》さらないよう、隅《すみ》から隅までなめらかに整えていた。

そういったこだわりが認められ、七年経《た》った今でも仕事に恵《めぐ》まれている。

「最初のうちは犬や猫のための家具をいろいろと作っていたんです。ソファーとかベッドとか、木製の玩具《おもちゃ》なんかも作りました。最近は人形用がメインで、実物の六分の一の大きさの家具を作っています」

「私が今座っているこの長椅子《ながいす》もそうだな？」

「はい。この箱庭にあるのは習作や見本用として作ったものがほとんどです。元々こういった小さいものを作るのが好きだったので、半分くらいは趣味《しゅみ》ですが」

「人形用とは思えないほど頑丈《がんじょう》に出来ている。ベッドの寝心地《ねごこち》も悪くなかった。王宮のものと変わらない品質だ」

「ありがとうございます！　王子様にそういっていただけるなんて、感激です」

ミルフェは思いがけない言葉に興奮し、やや大きな声を上げてしまう。

グレインロードにとってはうるさいかと思ったが、彼は気にしていない様子だった。

「人形に座り心地《ごこち》を訊くことはできませんから、お言葉とてもうれしいです」

「うむ。どういう事情で魔女から私を預けられたのか知らないが、一時的にすごす場所として、ここは適当だったと思っている」

「——……」

バスローブを縫《ぬ》う手を動かし始めていたミルフェは、指に針を刺しそうになる。

あやういところで刺さずに済んだが、グレインロードがいう「一時的」という言葉は、胸にちくりと刺さっていた。

「ミルフェとやら、いったいどういう事情で私を預かったのだ？」

「預かったわけではなく、いただいたのです」

ミルフェが正直に答えると、グレインロードは瞬時《しゅんじ》に顔色を変える。

真っ直《す》ぐで美しい眉《まゆ》を寄せ、空色の眼《まなこ》でミルフェをきつくにらみ上げた。

「お前が、私の所有者だというのか？」

「い、いえ、そういうつもりではなくて、その……僕はただ、お世話係として殿下のおそばにいたいだけです」

恋人《こいびと》としてもらい受けたとはとてもいえず、ミルフェは「ごめんなさい」と謝った。

話し相手が欲しかったことも、彼と同じ性的異端者《いたんしゃ》だということもいえない。

　彼が普通の身分の人であったならもう少し踏《ふ》み込んだことを話せたかもしれないが、王子に向かって「貴方《あなた》は家具屋の恋人としてゆずり渡《わた》されたんです」などといえるわけがない。

　気づいたら百年先の世界にいて、知っている人はひとりもいなくなり、人間ではない小さなものにされてしまった彼の気持ちを思うと、自分の不用意な発言をくやんだ。

「魔法使《まほうつか》いの居場所を、詳しそうな人に訊いてみます……それでなんとか、捜《さが》し当てます」

「協力してくれるのだな？」

「はい、もちろんです」

　魔法使いの居場所を知らないといってしまったことを、ミルフェはすでに後悔《こうかい》していた。誰《だれ》かに訊いたことにして、二、三日中に教えようと思っている。

　魔法使いに会ったが最後、彼は本来の体を取り戻してどこかへ行ってしまうかもしれないが、気の毒な状況《じようきよう》にある彼を騙《だま》し続けることなどできない。

「魔法使いに会うまで……それまでは、お世話をさせてください」

「うむ、よろしく頼《たの》む」

　機嫌《きげん》を直したグレインロードに、ミルフェは完成したバスローブを差しだす。

　箱庭の中にある大広間に手をついて体重をかけ、慎重《しんちよう》に身を乗りだした。

「シャツの上からでも、ちょっと羽織ってみていただけますか？」

　グレインロードは「うむ」といってシルクのバスローブを広げ、袖《そで》を通す。

とろけるようなブロンドと一緒に、襟《えり》や裾《すそ》が朝日を吸って輝《かがや》いた。

少しきつそうにも見えたが、裸《はだか》で袖を通す分には問題なさそうだ。

「大丈夫《だいじょうぶ》ですか？　もしきつかったら直します」

「問題ない。お前は器用だな、小さいものを作るのは難しいだろうに」

「お褒《ほ》めいただき恐縮《きょうしゅく》です」

裁縫《さいほう》にもそれなりに自信を持っているミルフェは、このときをひそかにたのしむ。

自分が作ったものを、美しい王子が……それも人形ではなく動いてしゃべる王子が着ている
ことがうれしくて、夢でも見ているのかとうたがうくらいだった。

——明日《あした》……それか明後日《あさって》くらいには、いわなきゃいけない。「魔法使いはルフレイ峡谷《きょうこく》に
住んでいるそうです」って、伝えて……それからどうなるんだろう？

彼を連れて旅に出た場合、少なくとも旅の間は一緒にいられる。

けれども峡谷までは半日ほどしかかからないので、結局すぐに終わりが来る。

魔法使いが彼を元に戻《もど》してしまったら、きっとお別れだ。家具屋になどもう用はないだろう。

「あの……殿下《でんか》、実は少し問題がありまして」

「問題とは？」

「もし魔法使いの居場所がわかっても、僕は今日明日すぐに出かけることはできないんです。

仕事の納期があって、しばらくは忙《いそが》しくて」

これは本当の話だった。

犬猫用の家具や人形用のミニチュア家具の予約がいつも通り入っているので、いきなり旅に出るわけにはいかない。

「しばらくというのは、どれくらいだ？」

「スケジュールを調整してみないとわかりませんが、それなりに長くかかるかもしれません」

「それなりとは？　家具を作るのにどれほどかかるものか私にはわからない。具体的にいってくれ」

「——できれば一ヵ月くらい時間をください」

心苦しい思いはありながらも、ミルフェは余裕《よゆう》をもって長めにいってみた。

これでもし抗議《こうぎ》されたら、では三週間、二週間……と徐々《じょじょ》に短くしていくつもりだった。

「一ヵ月か……途方《とほう》もなく長いが、まあしかたがあるまい。民《たみ》は常に働かなければ食べていけないものだと聞いている」

「はい、そうなんです。考慮《こうりょ》していただきありがとうございます」

世間知らずだがわからず屋ではない王子に、ミルフェは小さく笑いかける。

罪悪感はあったが、せめて一ヵ月、こうして話し相手になってほしかった。

小さなグレインロードとの生活は、ミルフェにとって夢のようなものだった。

かしずかれることに慣れている彼は、常に王子然としていて多少贅沢《ぜいたく》なところはあったが、決して悪い人間ではなかった。

彼はこの百年の間に起きたことを知りたがり、歴史の本をミルフェに買いにいかせた。

そのままでは読めないので、ミルフェは彼のために箱庭の大広間に新しい本立てを設置し、彼が本を読みやすいようにした。

最初のうちは「ページをめくってくれ」とミルフェに頼んでふんぞり返って読んでいた彼も、ミルフェの仕事が忙しいことを察すると、椅子《いす》から立ち上がって自分でページをめくるようになった。

はたから見ているとそれはなかなかの労働だったので、ミルフェは「僕がめくりますよ」ということもあったが、彼は「いい運動になる」といって本に向かう。

歴史の本を読み終わったあとは、百年前に読んでいた冒険《ぼうけん》小説の続きを読みたがり、それをミルフェに買いにいかせた。

シリーズ物をすべて読み終わると、「人気作家アゼンスラの新作がこんなにたくさん一気に読めるなんて！」と感激しながら、九十年ほど前に書かれた本を次々と読んだ。

幼い頃《ころ》から働いていたミルフェは、商売に必要な最低限の読み書きしかできなかったので、これまで読書とは縁《えん》がなかった。

一方で歴史や物語には興味があり、読んだ本の話をグレインロードから聞かせてもらうのが一番のたのしみになっている。

「今はなにを作っているのだ？　なにやら金属音がするが」

「これですか？　完成するまで秘密にしておくつもりだったんですが……」

模型部屋の作業机に向かっていたミルフェは、研磨《けんま》用の石から金属の板を摘《つ》まみ上げる。

だいぶ鋭《するど》く研げて光沢《こうたく》が出たそれを、グレインロードの頭上にかざした。

「なんだ？　刃《やいば》のように鋭いな」

「はい、これは剣《けん》です」

「――剣？」

「冒険小説を読みながら、『そういえば剣がない』とおっしゃっていたでしょう？」

「それで作ってくれているのか？」

「はい。剣がないと恰好《かっこう》がつかないとのことでしたから、形ばかりですが作っています。切れ味はあまりよくないと思いますが、見た目はなるべくそれらしくしますね」

ミルフェがふたたび金属板を研ぎ始めると、グレインロードは「ありがとう」と礼をいう。

なにをやっても礼をいうことはなく、「ご苦労だった」とねぎらうのがせいぜいだったので、ミルフェはおどろいて彼の顔を見下ろした。

今日は白いシャツと紺《こん》の脚衣を身に着けているグレインロードは、本の置いてある大広間に立ち、顔を上気させている。

面白《おもしろ》い物語の話をしているときと似た表情だったが、これまで見たどんなときよりもうれしそうな顔をしていた。

「そんなによろこんでくださるなんて」

「いつもなにか足りない気がしていたのだ。剣は第三の手のようなものだからな」

「そうだったんですね、それはないと困りますね」

「歴史の本に、私は怠惰《たいだ》な王子だったと書いてあったが、剣の腕《うで》が立つことくらい書き添《そ》えてほしかった。剣には自信があったのだ」

グレインロードは立ったまま腕を組み、苦々しく笑う。

百年後の世界に来たことはもうすっかり受け入れていて、過去の自分に関する記述を見ても苦笑《くしょう》する余裕がある彼だったが――今の笑い方はどことなく悲しげに見えた。

「剣にはとおっしゃいますけど、殿下は勉強家で本を読むのも早いし、たくましくて美しくて、自信のかたまりのように見えますよ」

「そんなことはない。放蕩《ほうとう》王子なのはお前も知っているだろうに」

「そういう噂《うわさ》があったというだけのことですよね」

「いや、実際に放蕩者だったのだ」

グレインロードはそういって、自分がどういうふうに放蕩者だったのか語りそうに見えたが、待てどもなにもいわなかった。

「殿下？　どうかされましたか？」

「――なんでもない」

百年後の家具屋に話しても無意味だと思ったのか、彼はページをめくりに本に向かう。

自分の背丈《せたけ》と大して変わらないほど大きな本を一ページめくってから、こちらを振《ふ》り返った。

「剣の完成をたのしみにしている」

グレインロードは笑顔《えがお》でいって、話を終わらせる。

ミルフェは彼のことをもっと知りたかったが、しつこく問うことはできなかった。


大小差のある同居生活を始めて二週間も経《た》つと、ふたりの生活はより落ち着いたものになり、それぞれのペースを尊重して暮らすことができるようになっていた。

グレインロードは日中のほとんどを読書と剣の鍛錬《たんれん》に費《つい》やし、夜は酒をたしなんでいる。

グレインロードは生きるうえで水と日光以外は必要としていなかったので、ミルフェは毎日自分の食事の用意だけをすればよかったし、彼のためにどんなに高価な酒や石鹸《せっけん》を買っても、それはほとんど減らないので経済的に困窮《こんきゅう》することもなかった。

オイルも香水《こうすい》も毎日使われているにもかかわらず、やはりほとんど減っていない。

グレインロードには着道楽なところがあったので、衣装代《いしょう》だけは高くついたが、いつも違《ちが》う服を着ている彼を見るのはたのしかった。

箱庭の中にあるワードローブは色とりどりの服で埋《う》まっていき、靴《くつ》もずらりと並んでいる。時には調整が必要なものもあったが、おおむね人形用をそのまま使えるため、特に不自由はなかった。

「まだ夕方だが、工房《こうぼう》に詰《つ》めていなくてよいのか？」

「はい、今日の作業は終わりましたから。新しい靴のかかとを直しますね」

ミルフェは小型模型のある部屋で、グレインロードのブーツの修理をする。

服はともかく靴は耐久性《たいきゅう》が重要になるが、店で売っている人形用の靴は、グレインロードが安心して体重をかけられるほど頑丈《がんじょう》に出来ていなかった。

ものによっては左右の大きさが微妙《びみょう》に違うこともある。

剣の鍛錬で走り回っても平気なくらい安全なものにするために、ミルフェは靴を買うたびに一つ一つ丁寧《ていねい》に直していた。

「ミルフェ、新たに用意してほしいものがある」

「はい、なんでしょう？」

「絵の具とキャンバスを頼《たの》む、絵筆もだ」

「絵を描《か》かれるんですね？　わかりました、絵筆とキャンバスは僕が作ります」

「それとイーゼルも作ってもらいたい」

「あ、そうですよね、任せてください」

名前を呼ばれて頼み事をされるだけでうれしくて、ミルフェは嬉々《きき》としてメモを取る。

彼とここでいつまでも一緒《いっしょ》にいられないことはわかっていたが、彼が今の生活にたのしみを見つけてくれると希望が持てた。

「今日は妖精《ようせい》の数が多いな、いったいなにをいっているのやら」

グレインロードはそういって天井《てんじょう》を見上げ、ふわふわと舞《ま》い飛ぶ妖精たちに目を向ける。

ミルフェも彼も妖精がいる生活にすっかり慣れていたが、言葉が通じる妖精に会ったことは一度もなかった。

今日は確かに普段《ふだん》より多くの妖精が室内にいる。

人間に近い形の者たちが、こちらを見て内緒話《ないしょばなし》をしていた。

大きな声で話されたところでどのみちなにをいっているのかわからないが、彼らなりに思うところがあるのだろう。

会話は大抵《たいてい》こそこそと交《か》わされる。

「日没《にちぼつ》まで少しあるので、たまには外に行ってみますか？」

もっといろいろな種類の妖精を見にいきましょう——という意味で誘《さそ》いをかけたミルフェに、グレインロードは渋《しぶ》い顔をする。

先週、ふたりで店の前にある白樺林《しらかば》まで行ったのだが、小さな体のグレインロードにとって、外はおそろしいものであるようだった。

最初は平気だったのだが、物陰《ものかげ》からぬっと出てきた猫《ねこ》におそれおののき、外が怖《こわ》くなってしまったらしい。

「また猫が寄ってくるのが怖いですか？」

「……っ、怖くはないぞ。ただ、びっくりするだろう、あまりに大きくて」

「モンスターのようだとおっしゃっていましたね」

「巨人《きょじん》のお前にはわからない。たとえるなら熊《くま》が……それもとんでもなく大きな熊が目の前に来るようなものだぞ」

「それは怖いですね。でも、ルフレイ峡谷《きょうこく》に行くなら猫くらい慣れないと……山には野犬も時々出ますから」

「野犬……それはもう、どれだけ大きく見えるのだ？」

「熊どころではありませんね」

ミルフェは苦笑しつつも、内心では少しひどいことを考えていた。彼が犬や猫を怖がって、魔法使《まほうつか》いのところに行くのをあきらめてくれたらいいのにと思っている。

女の魔法使いがルフレイ峡谷にいることはすでに話してあり、今はミルフェの仕事の都合で出発できない状況《じょうきょう》にある。

けれどもいずれ時は来る。あと二週間で出発の日は来るのだ。

グレインロード自身が旅をあきらめてくれたら――延《ひ》いては人間に戻《もど》ることをあきらめて、このまま自分と暮らしてくれたらと、ミルフェは願わずにいられない。

――殿下《でんか》の恋人《こいびと》になりたいなんて、そんなおこがましいことは望まない。ただずっと一緒にいたい。死ぬまでずっとふたりで暮らして、殿下のお世話を続けたい。

ミルフェの思惑《おもわく》とは裏腹に、グレインロードは「よし、外に行こう！　慣れなければ魔女に会いにいけないからな！」と勇気を振り絞《しぼ》ってこぶしを握《にぎ》る。

「そうですよ、慣れましょう」

ミルフェは微笑《ほほえ》みながら、また猫が現れればいいと思った。

今日は野犬も寄ってくればいい。

そして彼に向かって吠《ほ》えればいい。

そんな考えはひどく意地悪だとわかっているけれど、ひそかに願ってしまう。

「猫がいても犬がいても、僕が必ずお守りします」

「情けないが、頼むぞ。まさか剣《けん》で刺《さ》すわけにもいかないからな」

「殿下はお優《やさ》しいんですね」

「普通《ふつう》だろう」

「犬も猫も、本来はお好きなんですね」

「どちらも飼っていたからな。今でもあの子らの子孫が王宮にいるかもしれない」

「そういえば、王家の方々は動物がお好きだと聞いています。あ、そうだ……少し自慢《じまん》してもいいですか？」

「うむ、よいぞ、めずらしいな」

「僕が作った犬猫《いぬねこ》用のベッド、王宮でも使われているんです」

「そうか、それは大したものだ」

「ずっと誇《ほこ》りに思っていたんですが……でも今は、殿下が僕の作った家具を使ってくださっていることが、なにより誇らしいです」

「そうか」

ミルフェの想《おも》いとは違い、あっさりと答えたグレインロードは、「さあ行くぞ」と気持ちを外に向けていた。

箱庭から出るための階段を上がり、木枠《きわく》の外に出て床《ゆか》の上をずんずんと歩いていく。

最初に外に出たときはミルフェが玄関《げんかん》まで抱《だ》きかかえて連れていったが、今日は自分の足で歩きたいようだった。

「殿下を踏《ふ》まないよう気をつけないと」

「そうしてくれ。いくら妖精になったとはいえ、巨人に踏まれたらつぶれそうだ」

「巨人なんていわないでください。でも、本当は少しうれしいです」

「小さい小さいといわれてきたからか？」

「その通りです」

ふふと笑ったミルフェは、扉《とびら》の開閉に注意しながらグレインロードと外に出る。

日没が迫《せま》っていて、白樺林がオレンジ色に染まっていた。

妖精たちが活発に飛び交い、七色に光っている。

グレインロードは転がっている大きな石に乗ったり下りたりしながら池の近くに行き、苔《こけ》が生えていない石を選んで座った。

池からは人間の一歩分くらい離《はな》れている。

また猫が現れても、びっくりして落ちない程度に安全な位置だ。

「画材が揃《そろ》ったら、この光景を絵にしたいな」

「妖精たちを描くんですか？」

「ああ、妖精と、この景色を描いておきたい。白樺林は王宮にはなかったからな」

「殿下は絵がお好きなんですね」

「放蕩《ほうとう》王子の遊びの一つだ。この国は当時から平和だったからな……私が剣の腕《うで》を磨《みが》いても、絵を描いても、誰《だれ》からも褒《ほ》められない。平和な国で王族が求められる一番の仕事は、なんだと思う？　どうしたら立派な王子として認められるか、わかるか？」

「——勤勉で、民《たみ》のことをよく考えること、でしょうか？」

「いや、そういうのは大臣や諸侯《しょこう》の仕事だ。王族の役目は、なによりまず子孫を残すこと。正《せい》妃《ひ》と側室に優秀《ゆうしゅう》な男児と美しい女児を産ませて、跡取《あとと》りを確保し、他国と縁戚《えんせき》を結ぶことだ。男児はたくさん要《い》らないが、女児は多ければ多いほどよいとされていた」

グレインロードは平らな石に座って足をぶらぶらとやりながら、意味深な表情を見せる。

なにがいいたいか、わかるだろう——といいたげな視線で見上げてきた。

自分が性的に異端《いたん》者であることを、語ろうとしているのだとわかる。

歴史の本にも書いてある有名な話なのでいまさらだったが、ふたりの間でその話が出るのは初めてだった。

「私は男しか愛せなかった。知っているだろう？」

ミルフェは「はい」と返事をしようと思ったが、声が詰《つ》まって上手《うま》くいえなかった。うなずくことで「はい」と伝えて、自分についての告白を考える。

実は僕も同じなんです——そういいたかった。

「兄は正妃の子で王太子だったが、あまり勉強が得意ではなかった。私は側室の子だったが、幼い頃《ころ》は神童などと持てはやされて……剣術《けんじゅつ》にしても、絵画や歌やダンスにしても、幼少期は褒められることが多かった。私は調子に乗って、随分《ずいぶん》と兄を傷つけていたのだと思う」

グレインロードはそういうと、ミルフェから見たら砂利《じゃり》ほどの小さな石を手にした。

目の前の池に向かって力いっぱい放《ほう》るが、石は池まで届かずに地面を転がる。

「成長して性的指向がわかってくると、なにもかも一変した。早々に結婚《けっこん》して子を作った兄は、ただそれだけで称《たた》えられて……私は神に背《そむ》く不出来な王子としてそしられるようになった」

グレインロードの告白は、ミルフェにとって我がことのように胸が痛むものだった。

自分でも考えたことがある。

優しかった両親と兄夫婦《ふうふ》はミルフェの性的指向を知る前に亡《な》くなったが、もしも当たり前に生きていたら、四人はどう思っただろうかと――これまで何度か考えた。

頭ごなしに叱《しか》ったり否定したりはしないかもしれないが、困惑《こんわく》はするだろう。

両親は、産み間《ま》違《ちが》えたのか育て間違えたのかと、己《おのれ》を責めるかもしれない。

兄夫婦は病気と判断して、治療《ちりょう》のために懸命《けんめい》に動くかもしれない。

優しいからこそ、愛情があるからこそ、なんとかしてあげたいと思っただろう。

その優しさに自分はきっと傷ついて、罪の意識に打ちひしがれたはずだ。

治せないものを治そうといわれても、その先には絶望しかない。

「百年経《た》っても、世の中はあまり変わっていないんだな」

「殿下……」

「最新の書物を読んでそれがわかった。世間は相変わらず、異端の愛を認めていない。お前も、気持ちが悪いと思うか？　私を病気だと思うか？」

「――っ、いえ、そんなこと」

　思うわけがありません、だって僕も同じですから——そう告白しようとしたのに、またもや言葉が出てこなかった。

「思いません。気持ち悪いなんて、まったく思いません。病気だとも思いません」

　それだけはいいたくて、普段《ふだん》の自分よりもはっきりとした口調でいう。

　グレインロードは小さな体全体をミルフェのほうに向け、少しおどろいたような顔をした。

「お前がそんなに前衛的な人間だとは思わなかった」

「そうですか？」

　次第《しだい》に紫色《むらさきいろ》を帯びていく空を眺《なが》めながら、ミルフェはいえない気持ちを胸に抱《いだ》く。

　自分は貴方《あなた》と同じだと、話したらなにか変わるだろうか。貴方が恋人《こいびと》になってくれることを夢見ながら魔法《まほう》の種を育てたんですよ……と打ち明けたら、どんな顔をされるだろう。

　性的指向は同じでも、身分は天と地ほども違《ちが》う。

　家具屋の恋人など無理だと嗤《わら》われたら、一緒《いっしょ》にいるのがつらくなる。

　恋人になれないことはもうわかっているけれど、明確に否定されたくなかった。

「でもよかった。お前に気持ち悪いと思われたら、私はどうしてよいかわからない」

「殿下《でんか》……」

「お前には世話になっているからな、自分の口から話さなければならないと思ったのだ。まあ、書物にも書かれていて、それなりに知られているようだが」

「はい、知っていました。でもなんとも思いませんでした」

それどころか強い親近感を持っています――目でそう訴《うった》えると、微笑みを返される。

ほっとした様子で、「お前は大らかで優《やさ》しいな」といわれた。

「殿下……」

いっそ今、いってしまおうかと思う。

大らかなわけでもなく優しいわけでもなく、貴方と同じなんですといってしまおうか。

性的指向を打ち明けることと、「恋人になりたい」と求めることは同じではない。

グレインロードはたぶん嗤ったりしないし、こちらが「恋人にしてください」とさえいわなければ、「お前を恋人にはできない」などといわないだろう。

王子の自分と家具屋の組み合わせなど、たぶん思いつきもしない。

故《ゆえ》に否定もしない。おそらくは――。

「そうだ、お前にもう一つ頼《たの》みたいことがある」

「……はい、なんでしょうか？」

「私が風景画や肖像画《しょうぞうが》を描《か》くから、それを顧客《こきゃく》に売ってくれないか？」

「え？　顧客って、僕のお客さんのことですか？」

「ああ、世話になってばかりでは居心地《いごこち》が悪いからな。王子とはいえ百年前のことだし、私の世話をしたからといって国から給金がもらえるわけでもない。だから稼《かせ》ぎたいのだ」

「殿下の絵を……売って稼ぐんですか？」

「ああ、お前の作った箱庭は見事なものだが、絵がまったくないのが気になったのだ。実際のアントニール伯爵邸《はくしゃくてい》には絵がたくさんあったはずだ」

「あ、そうですね……実は絵を描くのが難しくて、なかなか再現できなかったんです。額縁《がくぶち》は作ったことがあるんですが」

「そうだろう、だから私が描くのだ。人間から見たら小さなキャンバスに、極細の筆で緻密《ちみつ》な絵を描けば、人形や小型模型のコレクターに売れるのではないか？」

考えてもみなかった思いつきに、ミルフェは「いいですね！」と身を乗りだす。

小さなキャンバスに絵を描いたことがあるにはあったが、絵は専門ではないうえに、人間の手で緻密な絵を描くのは難しかった。

結局、あまり上手ではない静物画を描いて売ってしまったが……もし肖像画などを描けたら、それは確実に小型模型を格上げさせる。つまりは売れるということだ。

「殿下が、お金のことを考えてくださるなんて」

「放蕩者なのは確かだが、これでも馬鹿《ばか》ではないのだ。食費がかからないとはいえ、書籍《しょせき》代や服や靴《くつ》はそれなりにするだろう。特に本は我慢《がまん》できないからな、これからもさらに出費が続くことになる」

「気を遣《つか》わせてしまって、なんだか申し訳ないです」

「いや、もっと早く思いつけばよかった。残りの二週間で、なるべくいい絵をたくさん描こう。それを顧客に売り込んでくれ。どうやって描いたかは秘密だぞ」

ふふといたずらっぽく笑ったグレインロードに、ミルフェは「はい」と答える。

残りの二週間——そう限定されたことで胸を切り裂《さ》かれたように感じたが、うれしげに笑い返すしかなかった。

「殿下はお優しいですね」

「そんなことをいうのはお前くらいだ」

「昔の殿下は、優しさを隠《かく》していたのではありませんか？」

「そういうことにしておこう。愚《おろ》かで浪費《ろうひ》家で、人でなしの王子として悪名高い私だが、今は王子ですらないからな。財産もなにもない。王子どころか人間ですらないくらいだ」

「いろいろなものを失ったときにこそ、本性《ほんしょう》が現れるのではないですか？」

「——そうかもしれないな」

グレインロードはまた笑い、池に向かって両手を伸《の》ばす。

人差し指と親指で空間を長方形に切り取ると、「まずは風景画から始めよう」といった。

夕暮れの白樺《しらかば》林と自然のままの小さな池が気に入ったようで、どこをどう切り取るか真剣《しんけん》に考えている。

「殿下、もしよかったら……殿下ご自身の肖像画を描いていただけませんか？」

「……ん？　自画像か？　まあ、鏡があるから描けなくもないが」

「殿下とお別れしても、さみしくないようにしたいんです。お顔を忘れないように……いえ、肖像画がなくても忘れたりはしませんが、いつも飾《かざ》っておきたいんです。殿下が今使っている、あの箱庭に――」

目頭《めがしら》が熱くなるのを感じながら、ミルフェは「お願いします」と頭を下げる。

グレインロードはあまり気乗りしない様子で、「わかった」と短く答えた。

まずは風景画を描くといっているのに……しかも売って金を稼ぐために描くといってくれているのに、売らない自画像を頼んだのはよくなかったのかもしれない。

不機嫌《ふきげん》そうな顔つきを見て、ミルフェはすぐに後悔《こうかい》した。

「風景画の次でも、その次でもいいので、もし可能でしたら……もちろん、無理だったり気が乗らないようでしたらあきらめますので」

「ああ、わかった」

早口で答えるグレインロードは、もう空間を切り取ってはいなかった。

また砂利《じゃり》を拾って大きく振《ふ》りかぶると、池に向かって放《ほう》り投げる。

今度も届かなかったが水面まで転がり、静かに波紋《はもん》が広がった。

画材の用意ができてから一週間が経《た》ち、グレインロードは四枚の絵を完成させた。

そのうちの一枚は自画像で、他《ほか》と比べて明らかに熱の籠《こ》もった素晴《すば》らしい作品だった。

頼んだときはあまりよい顔をしなかったのに、いざ描くとなったら、ミルフェの手元に残る絵に力を注いでくれたのだ。

ミルフェはそれがうれしくてたまらず、手のひらほどの小さな肖像画を一番の宝物にした。

最初は絵を箱庭の中に飾るつもりだったが、それではよく見えないので自分の作業机の前に飾っている。

もちろん額縁は自作し、金色に塗装《とそう》した。

「鏡に映したみたいに殿下そっくり。本当に絵が上手なんですね」

「そっくりに描くのはそう難しくない。見たままを形にするだけだからな」

「凡人《ぼんじん》にはそれがなかなかできないものです」

「腕《うで》のよい職人に褒《ほ》められるのはうれしいものだな。そういえば私は彫刻《ちょうこく》もまあまあ得意だぞ、お前が作った家具に細かい彫刻を入れられる。より豪華《ごうか》に見せられるのではないか？」

「それは素晴らしいですねっ」

「大金を稼ぐことはできないが、その気になればこの手で収入を得られる。そう思うと生きる自信が持てるものだな」

グレインロードは五枚目の絵に取りかかりながら、生き生きとした表情を見せる。

まるで今の生活を受け入れているようで、ミルフェは複雑な気持ちになった。

彼がこのまま、小さい妖精《ようせい》のままでいることがミルフェの望みだ。

恋人にもなれず、口づけ一つもできないけれど、一緒に暮らしていければそれでいい。

人間の姿になって離《はな》れ離れになるくらいなら、今のままのほうがずっといいのだ。

唯一《ゆいいつ》無二の存在として彼に頼《たよ》られ、彼に尽《つ》くしたい。

そのうえで気まぐれにでも時々仕事を手伝ってもらえたら、そんなに素晴らしいことはない。

――本来の姿で一緒にいられたら一番いいけれど、それは望めない。あまりに高望みすぎる。

人間に戻《もど》ったら、殿下《でんか》はどこかへ行ってしまう。美しくて華《はな》やかな人のところへ……。

仕事をしている振りをしながら、ミルフェは小さな肖像画を見つめる。

いつかの夢で見たグレインロードの姿と、ブロンドの美青年たちの姿が浮《う》かんできた。

放り投げられた石を奪《うば》い合う様は見苦しかったが、容姿が優《すぐ》れた人たちなのは確かだった。

ミルフェの髪《かみ》と目はアーモンド色をしていて、背は低く、グレインロードや、夢に出てきた彼のとりまきと比べると凡庸《ぼんよう》で童顔だ。

――僕は自分に自信がないから……当然、殿下に選ばれる自信も持てないし、殿下の真心を信じられないのかもしれない。今の殿下はあの夢とは大違《おおちが》いに真面目《まじめ》で優しいけれど、それは、この特殊《とくしゅ》な状況《じょうきょう》が生みだしたかりそめのものだと思ってしまう。

グレインロードと同じ状況におちいったら、誰《だれ》だっておとなしくなるだろう。

やさぐれないだけ彼は立派だが、元に戻っても態度が変わらないとはいいきれない。人間の姿に戻ったら、水を得た魚のように自由に振る舞《ま》うのではないだろうか。

そうはならず殊勝《しゅしょう》なままだとしても、自分が恋人《こいびと》に選ばれる可能性はあまりにも低い。

彼が悪い人間ではないことも恩知らずではないこともわかっているが、「世話になったな、感謝する」といわれ、すらりとしたブロンドの恋人を紹介《しょうかい》されるかもしれないのだ。

それによってこちらが嫉妬《しっと》にもだえ、喪失感《そうしっかん》にさいなまれ——地獄《じごく》に落ちたような気持ちになるなんて、彼は思いもしないだろう。


グレインロードが目覚めてから一月が経ち、約束のときが来た。

納品がまだ終わっていないとか、追加注文を請《う》けてしまったとか、なにかしら理由をつけて引き延ばしたい気持ちはやまやまだったが、ミルフェは予定通りの行動を取った。

箱庭が日焼けしないようカーテンと雨戸を閉め、戸締《とじ》まりをして家を出る。

背中には自分で作った箱を背負った。

二重底になっていて、トチノキで出来た箱だ。

底のほうには食料と衣類と靴が収めてあり、二層目は移動小部屋になっている。

グレインロードがなるべく快適にすごせるよう、様々な工夫が施《ほどこ》してあった。

内壁《ないへき》と床《ゆか》には満遍《まんべん》なくクッションを敷《し》き詰《つ》め、揺《ゆ》れてぶつかっても痛くないようにしてある。

小部屋全体が硬《かた》めのソファーと同じくらいの硬さだ。

外の景色は座っていても小窓から見えるうえに、ゆったりとしたソファーには安全のためのベルトが取りつけてあった。

天井《てんじょう》は開いていて空が見えるが、雨が降ったら幌《ほろ》で閉じられるようになっている。

ミルフェは箱を背負い、コンパスと地図を手にしてルフレイ峡谷《きょうこく》に向かった。

王都からは東へ真っ直《す》ぐ国境に向かって歩けばいいが、実際に通れる山道は蛇行《だこう》している。

成人の男の足で半日といわれていたが、思ったようには進めなかった。

ミルフェの問題ではなく、グレインロードの問題だ。

「大丈夫《だいじょうぶ》ですか？　まだ吐《は》き気がしますか？」

ミルフェはなるべく箱を揺らさないよう気をつけて歩いたが、山道は凸凹《でこぼこ》していて、綺麗《きれい》に舗装《ほそう》された王都の道とはわけが違《ちが》う。

どうしても箱が揺れてしまい、グレインロードはひどい酔《よ》いになやまされていた。

「──もう大丈夫だ、情けないな……こんな調子ではいつ峡谷に着くのやら」

冷たい水を染み込ませた布を額に置いて、グレインロードは小川のほとりで休憩《きゅうけい》を取る。

早朝の暗い時間に出発して夕方までには着く予定だったが、そうはいかなくなっていた。

今は昼だが、おそらくまだ四分の一も来ていない。

「迷惑《めいわく》をかけてすまない。馬車では酔ったことなどないのだが」

「気にしないでください。馬車とは構造も違いますし、なんといっても大きさが違いますから。それに僕の歩き方が悪いのかもしれません」

「お前のせいではない……私が軟弱《なんじゃく》なのだ」

「そんなことありません、殿下はご立派です」

「本当に立派だったらこんなに酔わないだろう」

「それとこれとは別問題です。僕ならきっと吐いてます」

お互《たが》いに自分が悪いと主張し合ったミルフェとグレインロードは、目を合わせて苦笑《くしょう》する。

酔いのせいで休み休み進むしかなかったが、ミルフェにはなんの不満もなかった。

酔って具合が悪くなるグレインロードをかわいそうに思う一方で、この旅の終わりが延びることに感謝している。

彼が魔法使《まほうつか》いに会って「人間の姿に戻してください」と頼《たの》み、それがすんなり叶《かな》えられたら、もう一緒《いっしょ》にはいられない。

彼はおそらく城へ行き、王族としての権利を主張するだろう。

彼にそっくりの肖像画《しょうぞうが》などが残っているだろうし、魔法使いが証人になってくれれば間違いなく貴族になれる。

彼は公爵位《こうしゃくい》をたまわり、屋敷《やしき》や領地を手に入れるのではないだろうか。

そうなれば、同性の美しい恋人もすぐに見つかるはずだ。

——身分が確かになるまでは、僕のところにいてくれるかもしれないけど……それはきっと、そんなに長い期間じゃない。僕は衣服を用意したり食事を用意したり、人間になった殿下にもお仕えして……でも、最後はお別れすることになってしまう。

彼が人間に戻ったあと、使用人として雇《やと》ってもらおうと思ったこともあった。

頼めば雇ってくれるかもしれない。

おそらくいやとはいわないだろう。

けれども彼の恋人に使われるのはいやだ。

その人のためには、水の一杯《いっぱい》だって運んであげたくない。

なにより、そういう相手を見たくない。

恋《こい》するグレインロードも見たくない。

身分を考えれば愚《おろ》かだと思うけれど、どうしたって嫉妬してしまう。

「いい天気だな、風と日に当たっていると気分がよくなってくる」

「よかったです。野宿の用意はしてありますから、ゆっくり進みましょう」

「ミルフェ、すまない……私を気にしながら歩くのは疲《つか》れるだろう。荷物もあるし、お前だけ歩かせて悪いと思っている」

「王子様がそんなこと気にしないでください」

春の陽気に当たりながら微笑《ほほえ》むと、「いや、私はもう王子ではない」と返される。それはどこかやるせない口調で、グレインロードの葛藤《かっとう》が感じられた。

確かに、百年前の王子は、今はもう王子ではないのだろう。

生まれながらに身分のある人は、それを失うと自分を見失いそうになるのかもしれない。どんな気持ちになるのかミルフェにはわからないが、どう考えてもつらいはずだ。

「殿下が人間の姿に戻ったら、魔法使いに頼んで証人になってもらいましょう」

「——証人？」

「百年前の王子様だってことをお城の皆《みな》さんにわかってもらわないと。そうすれば生活に困ることもないでしょうし、召使《めしつか》いや下男もたくさんついて不自由なく暮らせます。殿下が描《か》いてくださったミニチュア絵画はお金になりましたけど、本当は心苦しかったんです」

「心苦しい？　絵を売ることが、か？」

「はい、それもそうですし、殿下にお金のこととか気にさせてしまって……不甲斐《ふがい》ないなって思いました。僕が、もっとお金持ちだったらよかったんですよね。殿下が趣味《しゅみ》でのんびり絵を描いて、どれも手放さずに飾《かざ》っておけるくらい余裕《よゆう》があったらよかったんです。殿下の肖像画以外は全部売ってしまって、今すごく後悔《こうかい》してます」

ミルフェは言葉通り、彼の絵を売ってしまったことをくやんでいた。

近いうちに別れることがわかっていたのだから、一枚も売らなければよかった。

客が来るたびにグレインロードが「売り込んでくれ」と迫《せま》るので、本当に売り込んでどれも売ってしまった。

売れたのを見て彼は大よろこびしていたし、そんな彼を見るとミルフェもうれしかったが、本当は少し悲しかった。

「――私は、お前に預けられてよかったと思っている」

ぽつりと、つぶやくようにいわれた。

「殿下……」

「どんな金持ちより、お前でよかったと思う」

そういわれて、胸が波打つ。

聞き間違いではなく確かに、お前でよかったといわれたのだ。

こんな言葉をもらえるなんて、思ってもみなかった。

この一月、十分とはいえないけれど彼に尽《つ》くして、本当によかったと思う。

これからまたひとりになっても、今もらった言葉があればあたたかい気持ちで生きていける。

「殿下《でんか》のお世話をさせていただけて、幸せでした」

涙《なみだ》が一粒《ひとつぶ》こぼれてしまい、ミルフェはあわてて顔をぬぐう。

グレインロードは視界の隅《すみ》で、自分の両手をじっと見ていた。

「こんなときに、肩《かた》も抱《だ》けない」

小さな手を見つめながらいう彼に、ミルフェは黙《だま》ってうなずく。

お気持ちだけで十分です――そういうつもりだったが、涙声になりそうでしゃべれなかった。

もしもグレインロードが本来の大きさだったら……今ここで肩を抱いてくれたら、どんなにか幸せだっただろう。

いっそ抱き締《し》めてほしかった。

なぐさめでもいいから、口づけをしてほしい。

本当はそれ以上のことまで望んでいる。強く欲《ほっ》している。

もう子供ではないから……たとえひとときでも、彼の恋人《こいびと》になりたかった。


その晩は満月だったが月が赤く、山中は暗い闇《やみ》に閉《と》ざされていた。

ミルフェとグレインロードは小川の近くで焚火《たきび》をして、春の夜の寒さをしのぐ。

妖精《ようせい》が見える目を持っていなかったら、さみしく感じるほど静かな夜だった。

焚火が絶えずパチパチと音を立てる以外は、時折フクロウが鳴くくらいだ。

小川のせせらぎも小さなもので、ほとんど聞こえてこなかった。

ミルフェとグレインロードは、今日初めて炎《ほのお》の妖精がいることを知り、ふたりでまじまじと焚火を見つめた。

炎の妖精は赤とオレンジの中間くらいの色をしていて、手足の生えたおたまじゃくしの形によく似ている。

家で火を使ったときは見かけなかったので、もしかしたら炎の妖精ではなく焚火の妖精なのかもしれない。

めらめらと燃える炎と連動して、踊《おど》っているように見えた。

なにかしゃべっていたが、やはり言葉はわからない。

「熱くないんだろうな」

「そうなんでしょうね」

焚火から十分な距離《きょり》を取っているグレインロードが、炎の妖精の踊りを真似《まね》て全身を左右に揺《ゆ》らしてターンする。

偶然《ぐうぜん》にも、今日の装《よそお》いは炎と似た色のコートとヴェストだった。

他愛《たわい》のない遊びのダンスなのに、ミルフェの目には大層優雅《ゆうが》に映る。

見目麗《みめうるわ》しい人はなにをやっても様になるのだと思っていると、炎の妖精たちが気づいて一層元気に踊りだした。

真似をされてよろこんでいるらしい。

彼らから見たら、グレインロードは小さな人間ではなく、薔薇《ばら》の妖精なのだろう。

妖精仲間として歓迎《かんげい》している様子だったので、ミルフェは微笑ましく見守っていた。

「殿下はお茶目な方ですね」

「元々ダンスが好きなのだ。それに人間に戻《もど》ったら妖精が見えなくなるかもしれないだろう？　こうして一緒に踊れるのも今夜が最後かもしれない」

「人間に戻ったあとも妖精が見えるといいですね」

「そうだな、そのほうが万物《ばんぶつ》に感謝して生きられそうだ」

「ところで殿下、いつの間にか月が赤黒くなりましたよ。大丈夫《だいじょうぶ》でしょうか？」

ミルフェの問いに、グレインロードは踊るのをやめた。

夜空を見上げて、「大丈夫だ」とつぶやく。

「今夜は血の月だな、めずらしいが心配ない」

「血の月？」

「魔物《まもの》の力が強まるので、夜は出歩かないほうがいいといわれている」

「――え、どうしましょう？」

そんな夜に山中にいてよいのかとあせるミルフェに、グレインロードは「迷信だ」と笑う。

ミルフェは少し心配になり、悪いものが近寄らないようひそかに祈《いの》った。

魔物は見たことがないので具体的に思い浮《う》かばないが、血の月によって狂気《きょうき》を宿した野犬が集まってくるのでは……と思うと背筋が寒くなる。

たとえば血に飢《う》えて真っ赤な目をした野犬が現れたら、どうしたらいいのだろうか。

そのときはサンドイッチでは許してくれない気がする。

手にしていたホットワインをちびちびと飲みながら、ミルフェは周囲に目を向けた。

山中の森はやはり静かだ。

風も穏《おだ》やかで木々をざわつかせることもほとんどない。

野犬の遠吠《とおぼ》えなども聞こえず、フクロウも黙っていて静かすぎるくらいだった。

ピクニック用のブランケットにくるまりながら、ミルフェは改めて月を見上げる。

最初のうちは夕陽《ゆうひ》を受けているかのように仄《ほの》かに赤く美しかった月が、今は赤黒く不気味に見えた。

明日《あした》のことを考えていると、すぐ横からうめき声が聞こえてくる。

「——ッ、ゥ」

はっとして振《ふ》り向いたミルフェの視界で、グレインロードがうずくまっていた。

どうしたんですか——そう問いかけようとした次の瞬間《しゅんかん》、コートに覆《おお》われた背中がふくらみ、またたくまに衣服が裂《さ》ける。一瞬で破裂《はれつ》して袖《そで》も脚衣も吹《ふ》き飛んだ。

「殿下!」

叫《さけ》んだときにはもう、グレインロードの顔が目の前にあった。

彼を見るときはいつも下向きだった視線が、今は上向きになっている。

クルミにも及《およ》ばないほど小さかった顔が、今は自分の顔よりも大きい。

とろける蜂蜜《はちみつ》のようなブロンドは肩にかかり、胸のあたりで揺れていた。

大空の色をした双眸《そうぼう》が、やはり自分の目線より上にある。

これまでは単なる口でしかなかった小さな口が、なやましいほど官能性なふくらみとして、目の前に存在していた。

目も口も鼻も、存在感や立体感がまったく違《ちが》う。

一糸まとわぬ体は白く、筋肉が隆々《りゅうりゅう》としていた。

肌《はだ》が炎を映し、瑞々《みずみず》しく艶《つや》めいている。

「殿下……か、体が……」

「お、お……大きくなっている。人間に戻ったのか⁉」

下からではなく目の前から発せられる声は、よろこびとおどろきに満ちていた。

声はこれまでと同じだったが、響《ひび》き方が違う。力強さがまるで違う。

「ミルフェ！　ミルフェ、見てくれ！」

自分の体を一通り確認《かくにん》したグレインロードは、弾《はじ》けるような笑顔《えがお》でミルフェの名を呼ぶ。

両手を広げ、全裸《ぜんら》の自分を惜《お》しげもなくさらした。

彼は入浴時や着替《きが》えのさいに堂々と裸《はだか》になる人で、それは常に誰《だれ》かの手を借りる王子として当たり前のことだったのだが――今ここにいる彼の体は、ミルフェが見慣れたものとは違う。

厚い胸板《むないた》には乳首《ちくび》があり、びっくりするほど立派な性器には金色の恥毛《ちもう》がかかっている。

どれも元々存在していたもので、ただ大きくなっただけなのだが、それが問題だった。

あまりにも刺激《しげき》が強く生々しい体に、ミルフェはおそれおののかずにはいられない。

「ミルフェ！　これはきっと血の月が起こした奇跡《きせき》だ。魔女《まじょ》の呪《のろ》いが解けたのだ。めでたいと思わないか⁉　まさか魔女に会う前に解けるなんて！」

「殿下……っ、おめでとうございます」

「ありがとう！　これまで献身《けんしん》的に付き添《そ》ってくれたお前のおかげだ。これで、ようやく……ようやくお前の顔をまともに見られる。ああ、信じられないほど小さいな！」

「……え？」

大興奮しているグレインロードは、そういって両手をミルフェの顔に伸《の》ばす。

まさかの行動にミルフェはますますおそれおののき、びくっとふるえた。

ひどくうろたえているうちに、大きな手で両頬《ほお》を包み込まれる。

「ミルフェ……なんて可愛《かわい》い。想像以上だ」

「殿下《でんか》？」

「早く人間に戻って、こうしたいと思っていた」

グレインロードは感極《かんきわ》まったようにいうと、ミルフェの前髪《まえがみ》をかき上げる。

顔を隅《すみ》から隅までじっくり見られて、ミルフェは恥《は》ずかしくてたまらなかった。

可愛いといわれた意味もわからない。

童顔で、まるで子供のようだといわれることはあったが、それは決して褒《ほ》め言葉ではないと思っていた。

可愛いという言葉の意味はなんだったろうか――混乱しながらそんなことを考えていると、目の前の唇《くちびる》が迫《せま》ってくる。

「口づけをしてもよいか？」

息遣《いきづか》いを感じるくらい近くで、耳をうたがうようなことを問われた。

口づけという言葉の意味も考えてしまう。ミルフェはひどく混乱していた。

はい――といえるわけもなく、口からこぼれ出たのは「どうして？」という問いだった。

「ずっとしたかったからに決まっている。半月ほど前からだ。お前も……私のことを憎《にく》からず思っているだろう？」

「……っ」

「異端《いたん》者として生きる私を理解してくれた。おそらく、お前も同じではないのか？」

「殿下……」

「そうだとよいと思った。お前が私を見る目は母親のように慈《いつく》しみ深く尊いものだったが……私が自分の性情を告白した頃《ころ》から変化した気がする。慈愛《じあい》だけではなく、欲望を秘めたものになったと私は感じた。間違《まちが》っているだろうか？」

息がかかるほど近くでいうグレインロードに、ミルフェは無心で首を横に振る。

そんなつもりはなかったと否定して、そのすぐあとに自分の想《おも》いを自覚した。

彼のいう通りだ。

頼《たよ》られることをよろこびとして、庇護《ひご》者のように慈しんで世話をしてきたけれど……欲望は確かにあった。

それも、彼が性情を告白した頃からではない。

もっと前からあったのだ。

魔法使《まほうつか》いに「恋人《こいびと》が欲しい」といったわけではないけれど、心の底を読まれたように同性を好む男の妖精《ようせい》を与《あた》えられた。

身分を考えれば自分など絶対に無理だと思いながらも、ひっそりと夢見たり嫉妬《しっと》したりしていたのは事実だ。

「ミルフェ、すべては私の思い違いか？」

グレインロードの唇が、目の前で悲しげに動いている。

正直に答えなければ口づけは得られない。

こんな機会は、もう二度とないかもしれない。

「殿下を、お慕《した》いしていました」

「ミルフェ……」

変化を好まず生きてきたこれまでの人生で、一番というくらいの勇気を出した。

身のほど知らずだと思う。わきまえない人間は恥ずかしいとも思う。

でもいってしまった。

グレインロードがキスをしたいと……それも、ずっとしたかったとまでいってくれたから、あらゆる垣根《かきね》を越《こ》えて勇気を出すことができた。

「……っ、ぁ」

唇が触《ふ》れて、しっとりとした感触《かんしょく》に包まれる。

つい今し方まで豆粒《まめつぶ》よりも小さかった唇が、男らしい強引《ごういん》さで迫ってきた。

唇と唇が触れ合うだけの接吻《せっぷん》はまたたく間に終わり、グレインロードの舌が割り込んでくる。

唇をつぶしながら口内を探《さぐ》られると、頭の中までかき回されるようだった。

そのうえ脚の間がおかしくなる。

触れられてもいないのに、つきんと衝撃《しょうげき》が走った。

「ふ……ぅ」

グレインロードの頭の重みを感じるくらい、深い口づけになる。

気づけば地面に向かって押し倒《たお》され、広がるブランケットに頭を埋《うず》めていた。

肩《かた》を押さえられて後ずさりできず、完全に捕《つか》まる。

もう逃《に》げられないと思うと、覚悟《かくご》が決まった気がした。

「……ん、ふ……ぅ」

自分からも舌を動かし、グレインロードの動きを追ってみる。

少し唇を開くだけで口づけが深まり、ますます彼の重みを感じた。

片手で持ち運べるくらい小さかった彼が、今は人間の姿になっている。

その事実に感極まっていると、シャツのボタンを一つ二つ……と外された。

口づけ以上のことはとても考えられなかったミルフェにとって、服を脱《ぬ》がされるのは想定外だった。けれども不思議と怖《こわ》くはなかった。

彼が自分に、そういうことをしたい——と思ってくれていることがうれしい。

抵抗《ていこう》せずじっとしていると、三つ、四つとさらにボタンを外される。

大きな手でそっと肩をむかれた。

素肌《すはだ》に直接触れられて、腕《うで》をゆっくりとなでられる。

グレインロードの手が胸に向かっていくのがわかった。

乳首《ちくび》に触れられると、脚《あし》の間だけではなく腰《こし》や爪先《つまさき》までぴくりと反応する。

体の感覚がおかしい。

あるいはこれが正常なのだろうか。

思いがけないつながりがあるようで、一つの愛撫《あいぶ》があちらこちらをおかしくする。

「は……ぅ、ふ」

「——ッ、ン」

唇は今も深く、ミルフェをとらえて離《はな》さない。

甘やかに漏《も》れるグレインロードの吐《と》息《いき》を感じながら、ミルフェは永遠を願った。

グレインロードから、好きだといわれたわけではない。恋人になろうともいわれていないし、ましてや愛しているといわれたわけでもない。

それなのに、心はすでに深いものを求めている。

たとえ一夜限りでも幸せ――そう思う心の裏側を、独占欲《どくせんよく》が支配していた。

「あ、ぁ……っ」

乳首に触れられながら首筋を吸われると、甘ったるい声が出る。

ミルフェはこういうときにどう振《ふ》る舞《ま》えばよいかわからず、自分の反応に不安があった。

聞き苦しくないだろうか、見苦しくないだろうか……他《ほか》の人と違《ちが》って滑稽《こっけい》なことになっていないだろうか。

考えれば考えるほどわからなくなる。

少しこらえて黙《だま》っていようと思っても、乳首をきゅっと摘《つ》まれると、また「あっ」と声を漏らしてしまった。

「なんて可愛い声だ……こうして自分本来の耳で聞けてよかった」

「殿下……っ」

「グレインロードと、名前で……いや、ロードでいい。気安く呼んでくれてよいのだ」

「そんな……無理です」

「ロードと、呼んでみてくれ」

「――ロード……様？」

「そう、それでいい。それに声を殺す必要はない。聞いているのは私と妖精たちくらいだ」

「は、はい」

「痛みを与えるようなことはしないから、安心して力を抜《ぬ》くといい」

「……はい」

首筋にあった唇が耳元に来て、「耳が真っ赤で、可愛《かわい》い」とささやかれる。

それは確かに褒《ほ》め言葉であるはずで、このまま自然に任せていいのだと思えた。

ミルフェはそっとまぶたを閉じ、グレインロードの息遣《いきづか》いや指に気持ちを添《そ》わせる。

「――ぅ、ぁ」

耳殻《じかく》を食《は》むように唇《くちびる》で何度も挟《はさ》まれると、また声が出てしまった。

暗い森にフクロウの鳴き声がこだまして、ミルフェの小さな嬌声《きょうせい》と重なる。

相変わらず恥《は》ずかしく思うけれど、彼が肯定《こうてい》してくれたからおびえずにいられた。

「寒くはないか？」

問われながら、一度は脱がされたシャツを肩の上まで引き上げられる。

「大丈夫《だいじょうぶ》です」と答えたが、ブランケットまで引き寄せてくれた。

グレインロードの手で、シャツの胸元《むなもと》を少しだけ開かれる。隙間《すきま》に指を這《は》わせ、さらに顔をうずめられた。

「あ……ぅ」

乳首に唇が当たると、周囲の肌《はだ》ごとぴんと張り詰《つ》めるようだった。普段《ふだん》は存在感が薄《うす》い乳首が、今はとても強く主張している。突起《とっき》のように変化して、舐《な》められると硬《かた》くしこった。

「は……っ、ぁ」

グレインロードの真っ直《す》ぐな鼻筋が、鎖骨《さこつ》の下に当たっている。しっとりとしたブロンドは胸にかかり、シャツの中に忍《しの》んできた。脇腹《わきばら》にまで滑《すべ》り込んだ髪《かみ》が、少しくすぐったくて、気持ちがよくて……頭の中が舞うようにふわふわする。

「ん……ぁ……」

グレインロードの下唇のふくらみが、乳首の先をくり返し通過した。めくっているのかめくられているのかわからなくなる刺激《しげき》のあとに、舌先で粒《つぶ》を押される。尖《とが》って硬くなったものを逆にめり込ませるように、ぐりぐりと押されて……あまりの気持ちよさに腰がふるえた。

「あぁ……！」

舌から解放された乳首が、つんと戻《もど》って歯列に触れる。

鋭《するど》い快感に襲《おそ》われ、ミルフェはつい大きな声を上げてしまった。

それを恥ずかしいと思う暇《ひま》もなく、敏感《びんかん》になった乳首を吸われる。

ひりつく違和感《いわかん》が快楽につながり、脚の間が一気に熱を帯びた。

つきんとした衝撃がふたたびやってきて、膝《ひざ》が勝手に踊《おど》りだす。

「ん、ぅ……ぁ」

グレインロードの舌も踊り、濡《ぬ》れそぼつ口内でミルフェの乳首を何度も弾《はじ》いた。

ぞくうっと、体の芯《しん》がしびれてくる。

下着の中の性器が、どうしようもないほど硬くなってしまった。

「殿下《でんか》……っ」

「ロードだ」

「……ロード、様……」

「ふるえているな、やはり寒いか？」

「……い、いいえ……寒く、ないです。あ……殿下は？　ロード様は……寒く、ないですか？

あの、人間に戻れたときのために、服と靴《くつ》を……用意してあります」

なんとか正気をたぐり寄せて問い返すと、グレインロードは胸元から顔を上げた。

濡れた唇を指先でぬぐいながら、苦笑《くしょう》気味に目を細める。

「それを着るのはずっとあとだ。今は、春情に燃えていて服どころじゃない」

「――っ、ぁ！」

全裸《ぜんら》で覆《おお》いかぶさってくるグレインロードの欲望が、ミルフェの脚に触《ふ》れた。

先ほど目にしたときとは違い、それはたかぶって形や硬さを変えている。

見なくてもどれほど大きいかわかり、おどろいて声も出せなかった。

自分にも同じ器官があって似た状態になっているというのに、到底《とうてい》同じものとは思えない。

それはミルフェの脚に熱を伝えながら、確かに脈打っていた。

「こうしても、気持ち悪くはないか？」

グレインロードの問いに、ミルフェはすぐさまうなずく。

ほとんど同時に、「もちろんです」と言葉でもはっきり伝えた。

有能で美しい王子でありながら、異端者《いたんしゃ》としてさげすまれたグレインロードの過去を思うと、そうせずにはいられない。

より明確に彼と彼の性情を肯定するにはどうしたらいいかと考えた瞬間《しゅんかん》……ミルフェの手はグレインロードのたかぶりに向かっていた。

「ミルフェ……」

「はしたないことでしたら、すみません……でも、こうしたくて……」

指先で触れたものは熱く、そこだけが別の生き物として息づいているようだった。

手の美しさに関して引け目があるミルフェは、爪《つめ》を立てないよう気をつけて、指の腹だけでそっと触れる。

「僕の手、仕事で荒《あ》れていて……痛く、ないですか？」

「ああ、少しも痛くない。それに、お前の手は小さくて器用に動いて、とても可愛い」

また可愛いといわれて、ミルフェの胸は火照《ほて》る。

がさついた手で触れては申し訳ないほど立派な性器をなでると、まるで自分のそれをなでたかのように体が反応した。

「あ……っ」

「ミルフェ」

ひくりと硬度《こうど》を増すグレインロードの性器に、どうしようもなく惹《ひ》かれてしまう。

同性しか愛せないと自覚したのは十年近くも前だけれど、今まさに、それを確信していた。

ともすれば凶器《きょうき》のように奮い立つ肉塊《にっかい》を、とても美しいと思い、愛《いと》しく思うのだ。

「お前に、こんなことをしてもらえるなんて、思わなかった」

「ロード様……」

「いや、嘘《うそ》だ。禁欲せざるを得なかったこの一月の間に……何度も夢に見た。お前の手や口や体を……私は勝手に使ってきた」

「……うれしい、です……なんでも、使ってください」

「ミルフェ……」

「まだ、さわっていてもいいですか？」

「もちろんだ。私もさわりたい」

血の月が浮《う》かぶ夜空の下で、ミルフェはグレインロードの性器をなでさする。

そうしながら脚衣の紐《ひも》を解かれ、下着の中まで手を入れられた。

すっかりたかぶっているものを、長い指でつかまれる。

「は……っ、ぁ」

お互《たが》いの性器をなで合いながら、引き寄せられるように唇を重ねた。

アーモンド色をしたミルフェの髪が、グレインロードのブロンドと交ざり合う。

唇も舌もとろけるように絡《から》み合って、どちらのものかわからなくなる瞬間がくり返し訪れた。

こんな大人のキスをしていることが信じられず、ミルフェは夢ではないかと何度もうたがい、現実だと実感するたびに涙《なみだ》をこぼす。

「ミルフェ……」

唇が離《はな》れ、切なげに名を呼ばれる。

キスが目尻《めじり》にやってきて、涙を吸われた。

「……ロード様」

グレインロードはもちろん泣いたりしなかったが、彼の性器は蜜粒《みつつぶ》を流し始める。

透明《とうめい》で指に絡むそれに触れると、また涙がこぼれそうになってしまった。

男の欲望を、自分に向けてくれているのがうれしくて……よろこびに任せて手を動かすと、そこはまた一段と雄々《おお》しくなる。

「あ、ぁ……は……ぁ」

「――ッ、ゥ」

ブランケットの上で身を重ねながら、互いの性器をゆるやかにしごいた。

額がこつんと当たり、まぶたを上げるとグレインロードの青い瞳《ひとみ》が見える。

見つめられている恥ずかしさは、炎《ほのお》で炙《あぶ》られる心地《ここち》だった。

「……ん、ぁ！」

グレインロードの手の動きが次第《しだい》に速くなっていく。

自分も同じようにしようと思っても、緊張《きんちょう》してぎこちなく動くばかりだった。

お互いの手が透明な蜜《みつ》でぬらぬらと濡れ、月夜に妖《あや》しく照り輝《かがや》く。

また彼の手が速く動いた。やはり同じようにはできない。

「は、ぁ……ま……っ、待って、くださ……ぃ」

限界が近づいているのがわかった。

大きな手のひらや長い指で刺激された性器は、今にもはち切れそうになっている。

「う、ぁ……も、もう……っ」

これ以上さわられたら達してしまう――そう思ってあせると、唇《くちびる》をふさがれた。
なにかいいたくてもいえないほど深く口づけられ、言葉も息も押し戻される。
「んん、ぅ……！」
さらに勢いをつけて、性器を上下にこすられた。
ぬちゅぬちゅといやらしい音が立つ。
鈴口《すずぐち》を爪の先で刺激され、もうどうにもならなかった。
暗い月夜なのに、まぶたの奥に星がまたたく。
世界が一瞬《いっしゅん》、真っ白になった気がした。
「……く、ぅ、ん――っ！」
初めて人に与《あた》えられた快感に、体が跳《は》ねる。
達した瞬間も唇をふさがれていて、嬌声《きょうせい》もろくに出なかった。
そのとき自分の体がどう動いたのか、今どんな状態にあるのかよくわからない。
気づけば、グレインロードの性器から手が離れてしまっていた。
同じ快楽を彼に与え続けることができなかったのだ。
自分ばかりが気持ちよくなって、ひとりで達して……彼の胸を白く汚《よご》してしまった。
「ロード様……っ、ごめんなさ……ぃ」
謝罪の言葉を口にした途端《とたん》、また唇をふさがれる。

謝る必要などないといいたげな強引《ごういん》さで、がぷりと大きく食《は》まれた。

「ん、んぅ……ぅ！」

舌で舌を追われながら、ミルフェは残る白濁《はくだく》を散らして……一度は離してしまったグレインロードの性器に手を戻《もど》す。

触れたそれはみっちりと大きく育ち、腹に届かんばかりに反り返っていた。

軽く握《にぎ》ってゆるやかに愛撫《あいぶ》すると、より一層生き生きとして強い生命力を見せてくる。

ミルフェは彼がしてくれたように、やや強めに握り込んで手を上下に動かした。

少しずつ速くすることで、グレインロードを快楽の絶頂に導こうとする。

「……く、ぅ」

「――ッ」

口づけを交《か》わしながら懸命《けんめい》に手を動かしてみるけれど、そのときはなかなか来なかった。

しかし絶頂がまったく見えないわけでもない。

グレインロードは確かに感じていて……キスの合間に甘やかな吐息《といき》を漏《も》らし、粘度《ねんど》の増した蜜をこぼしているのだ。

おそらくあと一息だ。

あと少し、なにか足りない。

そのとき、ミルフェの脳裏《のうり》をグレインロードの言葉がよぎった。

彼は先ほどいっていたのだ。「何度も夢に見た。お前の手や口や体を……私は勝手に使ってきた」と、そういっていたのだ。

「——ロード様……っ、く……口、で……」

ミルフェは顔を引くなりそういって、手を動かしながら身を伏《ふ》せる。

性器を舐《な》めようと思ったが、その前にグレインロードの胸が目にとまった。

艶《つや》やかで美しい胸が白濁で汚れていて……それを見ると、ごく自然に舌が伸《の》びる。

早く綺麗《きれい》にしなければと思い、ミルフェは自ら放ったものを舐め取った。

「ミルフェ……ッ」

乳首を舐めると、グレインロードはびくりと腰《こし》を引く。

気持ちがいいのだとわかると胸の奥にわずかにあった不安が消えて、ミルフェはさらに舌を這《は》わせた。

乳首だけではなく、その下にある割れた腹筋を丁寧《ていねい》に舐めて、白濁を次々と取り除いていく。

「ん、ぅ……ふ」

舌の上に広がる青くさい体液を飲み干すと、ひどく淫《みだ》らな気分になった。

はしたないのはわかっていて、いけないことをしている気もしたけれど、グレインロードの性器が期待にふくらんでいくのを見ると、なにもかも吹《ふ》き飛んでしまう。

「——ッ、ミルフェ……ミルフェ……」

甘い声に酔《よ》いながら、ミルフェはグレインロードの性器をねぶる。

利《き》き手で上下にしごきながら先端《せんたん》を口に含《ふく》み、懸命に舌を動かした。

どうしたら気持ちよくなってもらえるのか、わからないなりにあれこれと試《ため》してみる。

舐めてみたり吸ってみたりはもちろんのこと、なるべく細く尖《とが》らせた舌先を駆使《くし》して肉孔《あな》をほじくってみたりと、思いつく限りのことをした。

「――ッ、ゥ」

男の体はとても正直で、いい愛撫を受けるとぐっと芯《しん》が通る。

ミルフェはグレインロードに気持ちよくなってもらいたい一心で……反応が得られる愛撫を探し、見つけるとより深く、強くしてくり返した。

「く、ふ……ぅ、ぅ」

グレインロードの手が首に来て、顎《あご》を掬《すく》い上げ、「もういい」といいたげに触《ふ》れられる。

絶頂が近いことがわかり、ミルフェは彼の遠慮《えんりょ》を受け入れずにねぶり続けた。

生き生きと張り詰《つ》めた肉の塊《かたまり》を、やはり愛《いと》しいと思う。

まだ終わりたくない。もっとこうしていたい。

「――んんぅ、ぅ」

舌を動かし、唇で吸いつき、粘液《ねんえき》の助けを借りて手指を素早《すばや》く上下させる。

やや強く握って動かすと、彼の性器がポンプのように精液を送り上げた。

「……ッ、ァ……ミルフェ……」

いつになくかすれた声が聞こえたあと、喉奥《のど》を熱く打たれる。

びゅくびゅくと出てくるものは見なくてもわかるほど濃厚《のうこう》で、舌に絡《から》みついてきた。

自分のものと同じく、青くさくて生々しいそれを余さず飲み干しながら、ミルフェは性的な欲望を向けられるよろこびを知る。

愛されるよろこびであるならばなおさら幸せだけれど、そこまでうぬぼれてはいなかった。

ただ、グレインロードに欲を向けられたのは事実で……それだけは揺《ゆ》るぎようのない事実で、それがたまらなくうれしい。

「……全部、飲んでしまったのか？」

おどろいている様子の彼に、ミルフェはこくりとうなずいた。

異常なことだったらどうしようかと不安はあったが、グレインロードの喜色を感じたので、それほどおそれずに目を合わせることができた。

「ミルフェ……ああ、なんて子だ」

感極《かんきわ》まった声でいうグレインロードに、ぎゅうっと抱《だ》き締《し》められる。

そうされると彼の体格のよさがわかり、少し前までワインボトルほどの背丈《せたけ》だったのが嘘《うそ》のようだった。

「ロード様……」

「ミルフェ」

「あ……」

抱き締められながら唇を求められ、ミルフェは重らかにまぶたを閉じる。

口づけは深く、決して美味ではないものをふたりで分かち合うかのようだった。

んんっ……とうめき声を漏らしてしまったが、ミルフェの胸はよろこびに浮《う》き立つ。

好きだとも愛しているともいわれていないけれど——あまりにも幸せがすぎて、涙《なみだ》があふれそうだった。


焚火《たきび》がパチーンと大きく弾《はじ》け、浅い眠《ねむ》りから呼び覚まされる。

血の月は終わり、空には普段《ふだん》と同じ色になった満月が浮かんでいた。

ブランケットに包まれながら、ミルフェは隣《となり》にグレインロードの姿を求める。

彼が人間に戻ったことも、何度も口づけを交わしたことも、それ以上の行為《こうい》に及《およ》んだことも明瞭《めいりょう》に憶《おぼ》えていたものの……夢だったのかと、うたがう気持ちも少しだけ持っていた。

それくらい幸せだったのだ。

お互《たが》いに服を着たあとも抱擁《ほうよう》が続き、春の夜とは思えないほど胸の熱い夜だった。

「殿下《でんか》……ロード様？」

隣に求めた体はなく、彼のためのブランケットが残されている。

ミルフェは起き上がって周囲を見回し、グレインロードを捜《さが》した。

血の月が終わったことで月光が頼《たよ》りになったが、見える範囲《はんい》に彼の姿はない。

水でも飲みにいったのかと思い、小川まで行ってみた。

木々の葉が風でぶつかり合う音とよく似た音を立て、水が流れている。

小川は浅く、水はきらきらと光って清らかだった。

「ロード様……っ、ロード様」

腹に力を入れて大きな声で呼んでみたが、返ってくるものはなにもない。

なにかの間違《まちが》いではないかと思い、ミルフェは闇《やみ》に目をこらしてもう一度「ロード様！」と声を張り上げてみた。

もっと慣れ親しんだ呼び方で、「殿下！」とも呼んでみる。

自分の声がこだまして、むなしい響《ひび》きとなって返ってきた。

それが終わるとまた、森はしいんと静かになる。

小川のせせらぎがわずかに聞こえるだけだった。

焚火まで戻《もど》ってみるものの、そこにはブランケットと荷物しかない。

血の月が終わったことで、もし万が一また小さな姿に戻ってしまったのだとしたら――成人男性用の衣服と靴《くつ》が残るはずだ。

それらがどこにも見当たらないということは、よろこばしくない奇跡《きせき》は起こらず、グレインロードは人間のまま姿を消したことになる。

――殿下……まさか……！

周囲を見回すことをやめられないミルフェは、そうしながら一月前に見た夢を思いだす。

夜伽《よとぎ》の相手を決めるために宝石を放《ほう》り投げ、哄笑《こうしょう》していた彼の姿を忘れてはいなかった。

あれは悪い噂《うわさ》が見せた単なる夢だと思いたいけれど……魔法《まほう》の種が見せた真実なのかもしれない。

過去に実際に起きた一幕だった可能性も捨てきれないのだ。

今のグレインロードを信じたいけれど、しかし彼はもう小さな妖精《ようせい》ではない。

ミルフェだけが見ることのできる、小さな彼はいなくなってしまった。

誰《だれ》よりも立派で美しい人間の青年に戻った彼が、本来の自信を取り戻したとしても、なにもおかしくはないのだ。急に人が変わったからといって、責められるようなことではない。

「殿下……っ！　殿下！　グレインロード様！」

声を限りに呼んでみる。

返ってくるのは自分の声だけだった。

また小川まで行き、小さくなっていても見つけられるように身を伏《ふ》せてみる。

しかし彼の声は聞こえなかった。

大きな彼も小さな彼も、どこにもいない。

気づいたときには、来た道のほうをじっと見ていた。

「殿下……」

グレインロードがどこへ行ったのか、ミルフェにはわかった気がした。

魔法使《まほうつか》いに会う必要がなくなった彼は、来た道をひとりで戻って、城に向かったのかもしれない。それが本来の自分の居場所だと胸を張り、歩いていったのかもしれない。

「――ぅ、ぁ……」

涙で月がにじんで見えた。

王子の居場所として相応《ふさわ》しいのは城だということも、王子の恋人《こいびと》として自分が相応しくないことも――重々わかっているけれど、涙が止まらなかった。

2

月が蝕《しょく》に入った頃《ころ》、グレインロードは焚火の番をしていた。

日中に荷物を背負って歩いたミルフェは、疲《つか》れ果てて眠っている。

長い夜だったが、ミルフェの寝顔《ねがお》を見ていると時間が経《た》つのも忘れられた。

いつも高いところにあった顔が今は眼下にあり、しかもとても小さくて愛くるしい。

人間としては小柄《こがら》なほうだとわかっていたが、巨人《きょじん》のように見えていたので本当の可愛《かわい》さを理解できていなかった。

なにもかもが想像以上だ。

——天使のような寝顔……いたいけな子供のようでもある。

炎《ほのお》に照らされながら眠るミルフェを見ていると、罪悪感に胸がうずく。

最後まで抱《だ》いていないとはいえ、純真な子にいきなり性的なことをしてしまった。

禁欲生活を一月も続け……特にこの二週間はとても我慢《がまん》していたのでこらえきれなかったのだが、もっと大切にしたいのが本音だった。

本音とはある程度理性的なもので、本能とは違《ちが》うのだと思い知らされる。

——あまり手が早いと、そういう男だと思われてしまう。百年の眠りを経て、私はすっかり生まれ変わったというのに……軽薄《けいはく》な男だと思われるのは避《さ》けたいものだ。いや違う。百年の眠りは関係ないな……私が変わったのはミルフェと出会ってからだ。この子によって私は放蕩《ほうとう》王子ではない自分を取り戻すことができた。生まれ変わったのだ。

グレインロードはブランケットに包まれながら身を乗りだし、ミルフェの手に触《ふ》れる。

昨日まで大きく見えていた手が、頼りないほど小さく感じられた。

指も細く、家具を次々と作りだす職人の手とは思えない。

毎日やすりを使うので肌《はだ》が荒《あ》れているのが痛々しくて……でも、ミルフェには職人としての誇《ほこ》りがあることを、グレインロードはよくわかっていた。

出会って間もない頃は、毎日のように働くなんて気の毒に……と勝手に同情していたのだが、ミルフェは怠慢《たいまん》な王族や貴族とは違うのだ。

働くことに意義を感じていて、遊んで暮らしたいなどとは決して思っていない。

そんなミルフェの影響《えいきょう》を受け、グレインロードもまた、自分の力で働き、金銭を稼《かせ》ぐことに強い憧《あこが》れを抱いていた。

——ミルフェは私の絵を売ったことを気にしていたが、私にとっては……金にならなければ意味がなかったのだ。飾《かざ》っておくだけでは趣味《しゅみ》になってしまう。金を稼ぐというのは、いい、とても気持ちがいい。生まれとは関係なく、何者でもない自分の力を認めてもらえるようで、たまらない充実感《じゅうじつかん》がある。

うんうんとひとりうなずきながら、グレインロードはミルフェの手に接吻《せっぷん》をする。貴婦人にそうするように、うやうやしく二度三度とくり返した。

こんなことができるのは魔女《まじょ》に会ってからだと思っていた。

なにしろワインボトルほどの背丈《せたけ》しかなく、口など豆のように小さかったのだから、とても口づけなどできなかった。

こっそり脛《すね》に接吻したことはあったものの、気づかれもしなかったのだ。

まさか道半ばで願いが叶《かな》い、口づけどころか精を互いに味わうことができるなんて、一夜の夢のようだ。

血の月の奇跡に感謝せずにはいられない。

「——ああ、これで私は自由だ。自分の足で……どこへだって歩いていける」

立ち上がったグレインロードは、ミルフェが用意してくれた靴を履《は》く。

炎の妖精たちに見送られながら、小川に向かって歩きだした。

人間の姿に戻ったので喉《のど》が渇《かわ》き、ワインではなく水を飲みたくなったのだ。

妖精だったときは、毎日水風呂《みずぶろ》に浸《つ》かって日光を浴びていたな……と、つい昨日までのことなのにもう懐《なつ》かしく感じるほどに、人間として普通《ふつう》の体に戻っている。

以前と違うのは、妖精が見えることとくらいだった。

——この目はそのままでよかった。ミルフェに見えるものは私にも見えるほうがいいからな。

どうやら見え方は違うようだが……。

小川に近づくと水草の妖精の姿が見えて、意図せず目を合わせることになった。

ミルフェがいうには妖精は透《す》き通っていて輪郭《りんかく》が曖昧《あいまい》に見えるらしいが、グレインロードの目には透けて映らない。

輪郭もはっきりしていて、触れ合うことも容易にできた。

ミルフェにはいわなかったが、時々小突《こづ》かれて鬱陶《うっとう》しいこともあったのだ。

人の形に近い知的な妖精は噂話《うわさばなし》が好きでうるさいが、妙《みょう》ないたずらはしてこない。

一方で知性の低い妖精はなんの脈絡《みゃくらく》もなく距離《きょり》を詰《つ》めてきて、小突くなり逃《に》げたりするのでたちが悪かった。

中でもグレインロードが苦手なのは、空中を自在に飛べる妖精だ。

いわゆる羽虫のようなもので、ブーンブーンと飛ぶ音もうるさかったりする。

「私の声が聞こえるか？」

グレインロードは小川の浅瀬《あさせ》に立ち、水の妖精《ようせい》たちに声をかけた。

月が蝕に入っていて暗かったが、焚火《たきび》から届く光で水面《みなも》が光って見える。

やわらかに揺《ゆ》らぐ水滴《すいてき》の形をした水の妖精たちは、グレインロードの声に反応した。

人間に声をかけられておどろいている様子だった。残念ながら言語は通じていないらしく、水しぶきを上げてぴゅっと水中に逃げ込む。まるで小魚のようだ。

「ここの水は沸《わ》かさず飲めるほど綺麗《きれい》か……と訊《き》きたかったのだが、無理か」

水の妖精に訊くのをあきらめたグレインロードは、水草の妖精とふたたび目を合わせる。

目として認識《にんしき》できる器官がある水草の妖精は、見るからに知性が高そうだった。

口が存在しないせいか、言葉で「綺麗ですよ」とはいわないものの、こくこくとうなずいて応《こた》えてくれる。

表情というものがあり、肯定《こうてい》している顔つきだった。

「ありがとう、ではいただこう」

グレインロードは小川の浅瀬にかがみ、手を洗ってから水を掬《すく》う。

人間に戻《もど》ったものの、妖精と会話をしている自分は普通の人間ではないのだなと、いささか複雑な気持ちで水を飲んだ。

体から水を吸収するのではなく口から飲むという、人間として当たり前の行為《こうい》には感慨《かんがい》深いものがある。

手指の間から逃げる水が妖精の姿に変わる瞬間《しゅんかん》が見えるが、それでもやはり人間なのだ。

自分は間違《まちが》いなく人間に戻ったのだ。

――よかった、戻れて本当によかった。魔女に会っても断られ、今後も小さいままだったら一生ミルフェを抱けないし、もうどうしようかと……。

不安な日々を思い返しながら水を飲んでいると、ふと空の様子が変わる。

蝕が終わろうとしていた。

血の月と呼ばれる赤い月夜の終わりだ。

月が闇《やみ》から外れて、白い光を取り戻す。

ほんのわずかだが、空が明るくなった。

「——ゥ、ア……！」

清浄《せいじょう》な月の光を目にした次の瞬間、グレインロードの視界は急転する。

がくんと体の力が抜《ぬ》けて、服の内側しか見えなくなった。

「な、なんだ……うわ、水が……！」

気づいたときには靴《くつ》が小船になり、水の上をゆらゆらと流れていく。

かかとの部分につかまると、もう片方の靴が先に流れるのが見えた。

衣服も全部、下着に至るまで全部が、水の上に広がって流れていく。

ちょろちょろと流れる穏《おだ》やかな小川だと思っていたのに、今は急流に感じられた。

「また小さくなっている!?　ミルフェ！　来てくれ！　ミルフェ！　ミルフェ——ッ！」

必死で声を張り上げたが、あまり大きな声が出ていない気がした。

おかしい、体の大きさがおかしい。

小さく戻ったにしても妙だった。

以前はワインボトルほどの大きさだったのに、今は靴が船のように大きく感じられる。

つまり自分がもっと小さくなっているということだ。

靴のかかとからかろうじて顔が出るくらいの大きさ……人間の親指くらいの大きさになってしまっている。

——血の月で人間の姿に戻った、反動か？　そういえばミルフェがいっていた。私が薔薇《ばら》の蕾《つぼみ》から生まれたとき、最初は親指ほどしかなかったと……そのあと花から転がり落ちて、急に大きくなったといっていた。ここからまた大きくなるのか!?

小川を流れる靴の中から、グレインロードは焚火の光を目で追い続ける。

炎が……ミルフェが眠《ねむ》る場所が、またたくまに遠くなっていった。

もう一度「ミルフェ——ッ！」と叫《さけ》んでみるものの、水音にすら敵《かな》わない。

ささやかだと思っていたせせらぎが今はとても大きく感じられ、ちょっとした水のうねりや石ころの存在が途轍《とてつ》もなくおそろしく見えた。

船のように浮《う》く靴が沈《しず》んでしまったら、自分は溺《おぼ》れて死ぬかもしれない。

泳ぎにはそれなりに自信があったが、岩だらけの急流で泳いだことなど一度もないのだ。

——どうしたら……っ、どうすればいい!?　早く決めなければ……！

このままではミルフェが遠くなってしまう、離《はな》れ離れになってしまう。

どうするべきか急いで考えてはみるものの、いい案など見つからなかった。

すでに自力ではどうにもならない状況《じょうきょう》におちいっている。

水の流れは速く、革製の靴はじわじわと浸水《しんすい》していた。

「ミルフェ……ッ、ミルフェ――ッ！」

靴のかかとにしがみつき、ただ助けを求めるしかない自分が情けなかった。

人よりも大柄《おおがら》で、剣《けん》の腕《うで》が立ち、泳ぎも得意だった過去が嘘《うそ》のようだ。

せめてワインボトルほどの大きさまで戻れたら……と願ったが、浮く靴に頼《たよ》れなくなる分、かえって悲惨《ひさん》なことになる予感もあった。

人間に戻らない限りはどうしようもない。

――ミルフェ！

血の月の奇跡《きせき》がもう一度起きることを祈《いの》りながら、グレインロードはなす術《すべ》もなく流されていく。

もう焚火の光も見えなくなり、命を守ることに専念するしかなくなった。

途中《とちゅう》、靴がついに沈没《ちんぼつ》したので必死になって睡蓮《すいれん》に飛びつくと、上手《うま》い具合に丸い葉っぱの中央に乗ることができる。

軽い身だからこそ助かったようなものだった。

不安定だが、カエルのようにちょこんと乗っていられる。

――ああ、もう……っ、服も靴も流れてしまった！　こんな小さな体で……剣もなく裸《はだか》で、いったいどうやってこの窮地《きゅうち》を乗りきればよいのだ!?

睡蓮の葉の上で膝《ひざ》を抱《かか》えたグレインロードは、泣きたい気持ちを必死にこらえた。

すっかり遠くまで来てしまったが、ミルフェの名をくり返し呼び続ける。

血の月の奇跡が無理だとしても、気づいてほしい。迎《むか》えにきてほしい。

うかつにミルフェのそばを離れた自分を、どれだけ責めても責め足りないが……やれやれと苦笑《くしょう》しながら拾い上げてほしかった。

「ミルフェ……」

小川のほとりで身を屈《かが》めるミルフェの姿が、目に見えるようだった。

そんな妄想《もうそう》が止まらない。

あの小さな手を伸《の》ばして、救いだしてくれる予感がした。

「あ、うわ……っ、こら、なにをしている⁉」

予感通りのことは起きず、そのかわり理解不能なことが起きる。

不安定なりにつながれている安定感はあった睡蓮が、突然《とつぜん》ぐらぐらと動きだした。

現れたのはミルフェではなく、何匹《ひき》かの大きな魚だ。実際にはそう大きくないのだろうが、今のグレインロードにとっては十分に大きく見える。

いったいどういう料簡《りょうけん》なのか、魚たちは睡蓮の茎《くき》にかぶりついてきた。

あれよという間に食いちぎられ、グレインロードを乗せた葉は水に押し流される。

「なんなのだ⁉　なぜこんな……っ、いたずらなのか⁉」

時々自分を小突《こづ》いてきた浅慮《せんりょ》な妖精たちのことを思い返しながら、グレインロードは本気で泣きたくなった。いったいなにがそんなに悪かったのだろうかと、己《おのれ》の行いを振《ふ》り返りながら流されていく。

私はそんなに悪いことはしていない——と強く反発したが、それは百年後の今に来てからの話だった。

百年前の世界では、罰《ばっ》せられて当然なくらい悪いことをしてきたのだ。

放蕩者《ほうとう》でなければ兄や王妃《おうひ》に殺されかねない状況で……しかも異端《いたん》者としてあざけりの目で見られていて、自暴自棄《じぼうじき》になっていただけなのだ——と弁解したい気持ちはあるものの、今になって思えば他《ほか》の方法もあったのだ。

王位継承《けいしょう》権を捨てて野に下るなり亡命するなり、方法はあったのに……当時だってそれをわかっていたのに、もっとも楽なほうに逃《に》げたのだ。

——罰なのか？　百年間……ただ眠っていただけでは許されない、罰なのか？

睡蓮の葉が岩にぶつかって沈み、グレインロードはついに水に沈む。

薔薇の妖精《ようせい》に戻《もど》っているせいか、息苦しくはなかった。

ただ、どうにもできない。

自分では行き先を選べず、水の流れに従って、どこまでも延々と流されていくばかりになる。

——民《たみ》の血税で遊び暮らし、人を人とも思わぬ振る舞《ま》いをした。その報《むく》いは……まだ続いているのか？　そうか、そうだな……ミルフェのもとに来てから、私はなんの苦労もしていない。献身的《けんしんてき》に世話をしてもらって、たかが数枚絵を描《か》いて……わずかばかりの金を稼《かせ》いだだけだ。ただそれだけで、真っ当な人間になった気がしていただけなのだ……。

睡蓮の葉よりも儚《はかな》く流されながら、グレインロードは死の気配を感じる。もしかしたら自分はこのまま命を落とすかもしれない——そう思うとミルフェのやわらかな笑顔《えがお》が浮かんできた。

慈愛《じあい》に満ちた天使のような表情だ。

グレインロードは母親を早くに亡《な》くしているので母性をあまり知らないが、ミルフェからはそういったものまで感じられた。

でも、母ではないから……伝えなければいけない。

はっきり「好きだ」と伝えなければ、遠慮《えんりょ》がちなミルフェにはきっとわからない。

ロード様と名前で呼んでくれるようにはなったけれど、ミルフェの中で自分はまだ王子で、恋人《こいびと》という新しい肩書《かたが》きでは認識《にんしき》されていない気がする。

——ミルフェ……先にいえばよかった……いうべきだった。お前の恋人として市井《しせい》で生きていきたいと、はっきりといってから口づけをすればよかった……。

搾取《さくしゅ》されるばかりだった自分に、愛情を与《あた》えてくれたミルフェが好きだ。与えられることで自然と与え返したい気持ちになり、自分の中に愛を感じられた。

真っ当に生きる自分を好きになれそうで……そんな自分なら、ミルフェに似合うと思えた。

──駄目《だめ》だ……意識が……。

水に流されていても息苦しくはないけれど、次第《しだい》に意識が遠退《とおの》いていく。

このまま岩にでもぶつかり、四肢《しし》がバラバラになって死ぬのだろうか。

こわいと思った。百年の眠りから覚めたときとはまったく違《ちが》う。

ミルフェのいない世界に行くのは、地獄《じごく》に落ちるようにおそろしい。


薄《うす》い意識の中で、妙《みよう》に華《はな》やかでいい香《かお》りがした。

ミルフェと出会ったときはベリーと砂糖の甘い匂《にお》いがしたが、今は違う匂いがする。

そう甘くはなく、けれども大層心地《ここち》よい香りだ。

この香水《こうすい》も悪くないなと一瞬《いっしゅん》だけ思ったが、香水ではないことを嗅覚《きゆうかく》が察していた。

──花の香りだ。香料ではなく、本物の……。

そういった確信がどうして生まれるのか、自分でもわからなかった。

おそらく薔薇《ばら》の妖精になったからなのだろう。

人間ではない今の嗅覚だからこそわかるのだ。

──薔薇の香り、百合《ゆり》の香り……カモミールやラベンダーの香りも混ざっている。すべての花々が勢揃《せいぞろ》いして香りを競い合い、高め合っているような……。

途轍もない花の勢いを感じながら、グレインロードは目を覚ます。

まぶたを上げると、光り輝《かがや》く太陽と、果てしなく広がる青い空が見えた。

横を向くと草花が密集しているのが見え、壁《かべ》のようにそそり立っている。

――天国、なのか？

死んだら地獄に落ちると思っていたのに、天国としか思えない場所にいることにとまどう。

体が仰向《あおむ》けになっていたので起き上がってみると、青い花びらを敷《し》き詰《つ》めたベッドが体の下にあった。

花びらだけではなく、シルクのシーツもかけてある。

自分の体を見ると、同じくシルクの布をまとっていた。

まるで古代人のように、何枚かの布だけで出来た長い服を着ている。

それらすべてがシルクで肌触《はだざわ》りがよく、ウエストは草花の茎から出来ていると思われる紐《ひも》で結ばれていた。

靴《くつ》は履《は》いていなかったが、ベッドの横に草を編んだサンダルが用意してある。

「ここは……どこなんだ？」

天国ですよ――と誰《だれ》かに断定されるのをおそれながら、声に出して訊《き》いてみた。

すると、「あら、お目覚めになったのね」と、おっとりした女の声が聞こえてくる。

おびえはしないが緊張《きんちょう》が走り、グレインロードは服の裾《すそ》を握《にぎ》り締《し》めた。

隣《となり》の部屋……というには曖昧《あいまい》だが、密生した草花の壁で区切られた空間の向こうから、若い女が現れる。

「初めまして青薔薇の王、ご機嫌《きげん》いかがですか？」

少しふくよかで愛想《あいそ》のよい女は、やはり古代人のような恰好《かっこう》をしていた。

背丈《せたけ》は大きくも小さくもなく、自分よりも頭一つ分くらい低そうだ。

長い栗色《くりいろ》の髪《かみ》を複雑に結《ゆ》い上げていて、ヘアスタイルも古代人風だった。

青薔薇の王――と呼ばれたことで、グレインロードはたちまち混乱する。

ここは天国かと思ったが、薔薇の妖精として扱《あつか》われているなら違う気がした。

それが自分にとってよいことなのか悪いことなのか、今の段階では判断できない。

「ここは、どこだ？　天国なのか？」

「天国も同然ですが、天国ではありません。ここは花の王国です」

「――花の王国？　花の妖精の国ということか？」

「はい、ファンファリスタ王国の南にある花畑です」

「……ファンファリスタから出ていなかったのか……ではここは現世なんだな？　ファリスタ暦《れき》三百七年で間違《まちが》いないか？　お前は花の妖精なのか？　人間そっくりに見えるが」

真実を知りたいあまり質問攻《しつもんぜ》めにしたグレインロードに、女は困った顔をしてみせた。

「ファンファリスタの中にあるからといって、私たちには人間の世界のことは関係ありません。ファリスタ暦を意識することもないのですが……何年かといわれれば三百七年です。あとは、なんでしたかしら？」

「お前は花の妖精なのか？」

「あ、はい。私は人間の世界ではまだ名前もついていない、白い花の妖精です。花の王国には知性の高い妖精ばかりが集まっていますので、人間にそっくりな姿をしていて、人間の言葉も話せます。貴方様《あなたさま》と同じですからご安心ください」

「いや、私は……人間にそっくりなわけではなく、元々人間なのだ」

「存じております。グレインロード様の噂《うわさ》は妖精たちの間で持ちきりでしたから」

　ふふと笑った白い花の女妖精は、「主《あるじ》を紹介《しょうかい》しなくては」といって手を叩《たた》く。

　祈《いの》りの形で止まった手を注視しながら、グレインロードは無意識に人間との違いを探したが、爪《つめ》の先まで人間そのもので差は見つからなかった。しいていえば肌《はだ》があまりに白く美しすぎて、人間とは違う生き物に見えなくもない。

「主というのは、この国の王のことか？」

「はい、我が主は黄金の百合の王です。グレインロード様と同じく、この世に二つとない色の花。それ故《ゆえ》にお相手が難しくて……ずっと貴方様のような御方《おかた》を待っていたのです」

「黄金の百合……青い薔薇も見たことがないが、それ以上にめずらしそうだな」

貴方様のような御方を待っていた――という発言に不穏《ふおん》なものを感じたグレインロードは、何気ない振《ふ》りをして周囲を見回した。

壁のようになっている草花の背丈と比べるに、どうやらまたワインボトルくらいの大きさになっているらしい自分と、おおむね同じくらいの大きさの女……そして自然物から出来ている調度品を目にして、だいたいの状況《じようきよう》を察する。

「私は小川で溺《おぼ》れたはずだが、どういう経緯《いきさつ》でここへ？」

「ああ、それは……ヒキガエルが貴方様を拾って、お婿《むこ》さんに迎《むか》えようとしたらしいのです。結婚《けつこん》式の準備まで整えていたそうですが、日射《ひざ》しに当たった途端《とたん》に大きくなったので、これは無理だとあきらめて……この国に出入りしているツバメ経由でこちらへ」

「なんだかよくわからないが、この国の王が助けてくれたということか？」

「そうともいえますが、買ったというほうが正しいかもしれませんね」

「――買った？　私を？」

「はい、ヒキガエルとツバメにたんまり褒美《ほうび》をやらねばならず……それはそれは高くついたと聞いていています」

信じられない言葉をにこにこと語られ、グレインロードはさあっと鳥肌《とりはだ》を立てる。

この女は人間ではない――と、はっきりと認識した瞬間《しゆんかん》だった。

自分とは違う常識の世界で生きている知的生物を、心底おそろしいと思う。

「ご心配なさらずとも、王はとても美しい方ですよ。シャルラ様といって、女嫌《ぎら》いなのが玉に瑕《きず》なのですが……見目のよい青年にはお優《やさ》しいので、なにも心配要《い》りません」

買われたといわれて心配にならない人間はいない——と思いながらも、グレインロードは女妖精《ようせい》になにもいわなかった。

ここで人間としての正論を口にしても、おそらく状況は好転しない。

ドクンドクンと心音が高鳴り、緊張すればするほどミルフェの顔が思い浮《う》かんだ。

——ミルフェ……私はおかしなところに来てしまった。今お前はどうしているのだ？　私を捜《さが》してくれているか？　それとも……さみしくて泣いているか？　私はどうにかしてここから抜《ぬ》けだし、お前のところに帰らなくては……どうか、成功を祈っていてくれ！

この先どうするべきかを考えながら、グレインロードはあせる気持ちをひた隠《かく》しにした。

花の王国とやらから脱出《だっしゅつ》することを前提として、くれぐれも慎重《しんちょう》に行動しなければと自分にいい聞かせる。

——常識が違《ちが》う世界とはいえ、高く買ったものを簡単に手放さないのは、人も妖精も同じだろう。逃《に》げたがれば捕《つか》まり、一層逃げにくくなるだけだ。まずは現状を受け入れている振りをして、隙《すき》を見て逃げたほうがいい。

真っ向からぶつかることを避《さ》けると決めたグレインロードは、女妖精に誘《いざな》われるまま謁見《えっけん》の間に向かうことにする。

とりあえず従順な態度で黄金の百合の王シャルラに会い、もしも話がわかりそうな相手なら、「帰るべきところがあるので解放してください」と頼《たの》んでみようと思った。

そう簡単にはいかない気がするが、上手《うま》くいくよう祈ってみる。

踏《ふ》み固められた土の上を、草を編んだサンダルで歩きながら、グレインロードは何人もの女妖精とすれ違った。

青薔薇の王という肩書《かたが》きで見られているせいか、どの妖精もうやうやしく頭を下げる。

花の王国の廊下《ろうか》は基本的に土で出来ていて、所により草を編んだ敷物《しきもの》が敷いてあったり、花びらを敷き詰めてあったりと、用途《ようと》による変化が見られた。

壁に相当するのは総じて密生した草花で、隣の部屋がいくらか透《す》けて見える場合もあるが、ほとんどは見えないほどびっしりと生えている。

どこに行っても香《かお》りがよかったが、謁見の間に続く緋絨毯《ひじゅうたん》の廊下——といっても実際には緋絨毯ではなく赤い花びらを敷《し》き詰《つ》めた廊下だったが、そこを通ると百合《ゆり》の香りが強くなった。

頭の芯《しん》がくらりとする高貴な香りには、惹《ひ》きつけられるものがある。

黄金の百合の王とはどんな人物だろうかと、多少興味が湧《わ》いた。

話のわかる相手であることを祈りながら、赤い廊下を進む。

「この先が謁見の間です。背筋を正してお進みください」

元々ぴいんと背筋を正していたグレインロードに、案内の女妖精がいった。

これ以上はないくらい胸を張ったグレインロードは、廊下の終わりを見据《みす》える。

改めてもう一度、話のわかる相手でありますようにと祈りながら、謁見の間に踏み込んだ。

「――青薔薇《ばら》の王、ようこそ我が国へ」

明るく透き通るような声が、広間の玉座から聞こえてくる。

ああ、好みの声だ――と自然に思い、ただよう百合の香りにもますます惹かれた。

玉座は大輪の白薔薇と蔓《つる》で出来ていて、優雅《ゆうが》に座っているのは若く美しい青年だった。

床《ゆか》まで届きそうなほど長いブロンドと、透き通るような白い肌、ほんのりと薄桃色《うすももいろ》に染まる頰《ほお》。つんとした気の強そうな唇《くちびる》はチェリーのようで、目は琥珀《こはく》と黄金色。手足はすらりと長く、ほどよい具合に背が高い。

ああ、好みの顔だ――と、これもまた自然に思ってしまった。

百年前の世界で、グレインロードが侍《はべ》らせていたブロンドの美青年たちを、何倍も何十倍も豪華《ごうか》に磨《みが》き上げたような……奇跡《きせき》の美貌《びぼう》と好みの体が目の前にある。

今の世界に来てからミルフェばかり見ていたが、自分の本来の好みはこういう美青年であることを、思いだしたくもないのに思いだしてしまった。

「僕は黄金の百合の王シャルラ。貴方も名乗っていただけますか？」

「……グレインロード・フレイアン・ファンファリスタ」

雰囲気《ふんいき》に流されそうでまずいなと思いながらも、問われるまま答えていた。

いつの間にか距離《きょり》も詰まっていて、あと数歩で手が届きそうな所まで来てしまっている。

引き寄せられたといっても過言ではなく、ぼうっと見惚《みと》れてしまったのも事実だった。

想像しても現実にはあり得ないくらい、好みの姿と香り、声、そして男心をくすぐるような艶《つや》っぽい雰囲気を持つ美青年が目の前にいて——にこりと笑って誘いをかけてくる。

「青薔薇の王グレインロード様……貴方《あなた》を、僕の王国にお迎えします」

シルクの布を重ねた衣服を着たシャルラが、薔薇の玉座から離《はな》れて迫《せま》ってきた。

あまりにも美しく妖《あや》しい微笑《びしょう》に、グレインロードの心はぐらぐらと揺《ゆ》れてしまう。

手を取られて指を握《にぎ》られると、心拍数《しんぱくすう》が上がるのがわかった。

下半身が少しうずく。

ミルフェを好きな気持ちは純粋《じゅんすい》なもので、それはそれとして——男としての本能が根底から叩き起こされるようだった。

「僕は長年ずっと……貴方のような美しい方を待っていました。僕の夫として、ここで一緒《いっしょ》に暮らしていただけませんか？」

「……っ、夫？」

「はい。貴方は美しいだけではなく、賢《かしこ》くて強くて、剣《けん》の腕《うで》も立つと噂《うわさ》に聞いています。時折現れるモグラやネズミと戦い、この王国を守っていただけないでしょうか？」

シャルラは圧倒《あっとう》的な美貌の中に愛らしさも持ち合わせ、細い眉《まゆ》を困った形に寄せる。

彼にこんなふうに頼まれて、拒《こば》める人間がいるなら会ってみたい——と思うくらいに、心を揺さぶる美しさだった。

しかし、自分は流されるわけにはいかない。

ミルフェに愛を誓《ちか》ったわけではないが、言葉で伝えていないというだけで、心ではすでに誓っていたのだ。

他《ほか》の誰《だれ》かに手を出したら、それはミルフェに対する裏切りになってしまう。

「いや、その……私は、モグラやネズミとは戦えない」

「——どうしてですか？」

「生き物を剣で刺《さ》すような真似《まね》はできないのだ。狩《か》りすら嫌《きら》いで、やってこなかった。害獣《がいじゅう》の駆除《くじょ》は他の誰かに依頼《いらい》してほしい」

「まあ、では剣でなにを刺してきたのですか？」

「剣術《けんじゅつ》の稽古《けいこ》をしてきただけで、なにも刺したことはない」

シャルラの魅力《みりょく》にあらがうために、グレインロードは自分の価値を下げる方法を選ぶ。

このやり方は百年前と同じだが、あの頃《ころ》と違って今は最良の手段だと思えた。

こいつは見かけ倒《だお》しで役立たずの用なしだ、とわからせれば、夫にしようなどとは思わないだろう。

色目を使われなければ、誘惑《ゆうわく》にあらがいやすくなる。

「そうですか、それは残念です。でも、貴方を夫にしたい気持ちに変わりはありません」

「――この王国では男同士でも結婚《けっこん》できるのか？」

「はい、もちろんです。僕の夫になってくださいますか？　貴方に不自由はさせません。体の大きさに合う剣を作らせますし、人間の所有物が欲しいときはどうにかして持ってこさせます。鳥たちとは協定を結んでいますから、だいたいのものは手に入るんです」

「いや、そういう問題では……盗《ぬす》みはどうかと思うし」

「僕のこと、好みではありませんか？　結婚するに値《あたい》しないでしょうか？」

「シャルラ殿《どの》……人間の常識を押しつけるようで申し訳ないが、結婚はそんなに簡単に決めるものではない。相手の人となりをよく知ってから考えるべきだ」

「そうですね、まずはお互《たが》いをよく知ることが大切だと、僕も思います」

「――っ」

シャルラは妖艶《ようえん》な美貌で小さく笑い、グレインロードの手指をさする。

艶っぽい顔と雰囲気を持っているわりに、それほど気が強いわけではなさそうだった。

しおらしく目をそらし、頬を染めているのが可愛《かわい》らしい。

いっそ傲慢《ごうまん》でわがままで贅沢《ぜいたく》で意地悪な……百年前の世界の兄の母親のような性格だったらよかったのに、ミルフェに通じる優《やさ》しさや品のよさも持ち合わせていて、とても無下にできなかった。

——他に好きな人がいる……といったらどんな反応をするだろう。怒《おこ》って拘束《こうそく》でもされたら逃げられなくなるし、かといって突《つ》っぱねないと迫られる……。

ここは謁見の間だからまだいいが、寝所《しんじょ》にでも連れていかれて本気で迫られたら、ますます逃げにくくなってしまう。

話のわかる相手かどうか現段階では判断できないため、とにかく怒らせず、恥《はじ》をかかせず、執着《しゅうちゃく》されない方向に持っていきたかった。

この花畑の規模はわからないが、王国と呼ぶからにはそれなりの広さがあるのだろう。土地勘《とちかん》がない迷路のような花畑を、走って逃げるのは容易ではない。

——一見まともに見えるが、好みの男を買って即座《そくざ》に夫にしようと考えるあたり、人間的に見れば普通《ふつう》ではない。それに、鳥を使ってなんでも盗んできますといっているわけで、やはり私には理解できない感覚だ。

実直な市井《しせい》の民《たみ》であったミルフェのことを思いながら、グレインロードはシャルラの顔色をうかがう。

怒らせることなく、上手《うま》くさよならをする方法をひたすら考えた。

「実は私は大酒飲みで、毎晩必ず……それはもう浴びるように酒を飲む。妖精《ようせい》の世界で生きていくのは難しいのだ」

「妖精には妖精の作る美酒があります。きっと気に入っていただけると思いますよ」

「問題は酒の件だけではない。私は月の光を浴びると人間に戻《もど》ってしまうのだ。シャルラ殿を踏《ふ》みつぶしてしまったらと思うとおそろしい」

「貴方が人間に戻ったのは血の月の影響《えいきょう》でしょう。次の血の月は数年後ですから、なにも心配要《い》りませんよ」

　ふふとやわらかに微笑むシャルラは、罪のない表情をしていて……グレインロードはさらにあれこれと考えを巡《めぐ》らせる。

　怒らせずに嫌われるのは難しいと思っていると、「まずはゆっくりお茶でもいかがですか？お互いを知るためにも、たくさんお話ししましょう」と誘《さそ》われた。

　買われたとはいえ、一応窮地《きゅうち》から救いだしてもらった身で、しかも服や靴《くつ》を与《あた》えられているこの状況《じょうきょう》でお茶まで断るわけにはいかず、「うむ」と答えてしまう。

「蜂蜜《はちみつ》酒も用意しましょう。ぜひお試《ため》しください」

「いや、酒は……昼間だし、やめておこう」

「少しなら大丈夫《だいじょうぶ》ですよ、そのうち日も暮れます」

　シャルラはそういって笑うと、「宴《うたげ》の準備を」と他の妖精たちに申しつける。

「宴っ!?」

　話が違《ちが》うじゃないかとあせるグレインロードを余所《よそ》に、妖精たちはいそいそと動きだした。

　茶はともかく酒など飲んだら、理性の箍《たが》が外れやすくなってしまう。

淫心《いんしん》をくすぐる妖しい香《かお》りに包まれながらなにかされた場合、徹底《てってい》して拒めるかどうか……さすがに自信がない。

「グレインロード様、さあ奥の間へどうぞ。もっとくつろげる部屋ですから」

「いや、その……」

くつろぎたくないのだ——というわけにもいかず、しかし酒は絶対に断ろうと思っていると、どこかから「キャアアアッ！」と女の悲鳴が聞こえてくる。

「なんだ⁉」

「なにごとですか⁉」

おどろくグレインロードとシャルラの前に、兵士と思われる恰好《かっこう》の妖精が転がり込んできた。

大広間に妖精たちの悲鳴がとどろく。

「モグラです！　モグラの襲撃《しゅうげき》です！」

兵士がそういった途端《とたん》、女妖精のうち何人かがふらりと倒《たお》れ込む。

シャルラは毅然《きぜん》としていたがおそれてはいるようで、「なんだってこんなときにっ！」と、声《こえ》を詰《つ》まらせていた。

——モグラのなにがそんなに怖《こわ》いのだ？　ネズミはともかくモグラは虫ばかり食べているし、もっふりとして小さくて可愛いじゃないか……。

グレインロードにはさっぱり理解できなかったが、この世界ではモグラが相当忌《い》み嫌われているらしい。

鋭《するど》く長い爪《つめ》で城の床《ゆか》に穴を開ける害獣――と考えれば確かに脅威《きょうい》なのだろうが、妖精たちの反応からして、有害かどうかよりも生理的に受けつけない様子に見えた。

――これは千載一遇《せんざいいちぐう》のチャンスかもしれない。この騒《さわ》ぎに乗じて花の王国を抜《ぬ》けだし、早くミルフェのもとへ帰ろう！

大広間の床がぼこっと浮《う》き上がりモグラが現れると、シャルラは「ひいっ」と悲鳴を上げ、奥の間に逃《に》げていった。

他の妖精たちも蜘蛛《くも》の子を散らすように逃げまどう。

モグラの姿がはっきりと見えたが、やはりグレインロードにとってはなにも問題なかった。

モグラは今のグレインロードよりも小さいし、ぎらぎらと光る目も持ち合わせていない。

黒い体毛は天鵞絨《ビロード》のように短く、全体のフォルムは丸く、鼻先はピンク色をしていた。

とても愛くるしい姿のうえに食虫目で平和な哺乳類《ほにゅうるい》だ。

食われたり咬《か》まれたりする心配はないし、長い爪も土を掻《か》くためのもので、肉食獣《にくしょくじゅう》のように大きく振《ふ》りかぶって襲《おそ》ってくるわけではない。

――そうだ、迷路のような花畑から逃げるよりも、いっそこの穴を利用すればいい！　今の私は薔薇《ばら》の妖精……ならば土とは相性がいいはず、息ができないこともないだろう。大丈夫、土の中でもなんとかやっていける気がする！

腹をくくったグレインロードは、今の自分の性質と直感を信じてモグラが開けた穴に向かう。かぶっていた土を手で掘《ほ》ると、モグラによって作られたトンネルが見えてきた。

人間のときなら、土にもぐるなど絶対に考えられなかったが……今はやわらかい土に対して妙《みょう》な親しみを覚えている。冷水に浸《つ》かると生き返るように、土にもぐると元気が出る気がするのだ。

──暗いのは嫌《きら》いだが、人間ではないのだからなんとかなる。突き進めばやがてどこか別の穴から外に出られるはず。そのあとはとにかく走って逃げよう。足には自信があるし、王国の妖精たちが追ってきたとしても逃げきってみせる。私はミルフェのところに帰るのだ！

妖精たちのモグラ嫌《ぎら》いに乗じて、グレインロードはモグラの穴から脱出《だっしゅつ》を試みる。

真っ暗で先の見えないトンネルを、四つん這《ば》いになって縦に横にと進みながら、ミルフェのことだけを考えた。

──私が姿を消してから何日経《た》ったのか、まだ一日か？　それとも数日経ってしまったか？長ければ長いほど心配をかけることになる。それにミルフェは私が小さくなったことを知らない。人間の姿でどこかへ行ったと誤解しているかもしれない。ミルフェはなにかといえば私と別れることを考えるような、あきらめがちなところがあるからな……城に行って、身分を手に入れていると思い込んでいるかもしれない。早く、一日も早く帰らなくては！

グレインロードは泥《どろ》だらけになりながら、自分に執着してくれないミルフェを想《おも》う。

好意を見せてくる一方で、時々憎《にく》らしくなるくらい別れを前提に動いていたミルフェが、今ひとりでなにを思うのか……グレインロードには想像がつかない。

控《ひか》えめな性格からしてよくない方向に気持ちが行っている気がして、心を病《や》んでいないかと、心配でならなかった。

3

グレインロードがいなくなって一週間が経ち、ミルフェはかつての日常を取り戻していた。

朝から夕方までミニチュア家具を作り、たまにやって来る客と最低限の会話をする。

グレインロードのその後が気になるので、「最近なにか変わったことはありませんか？」と自分から話題を振ったりしてみたが、今のところ彼のことは噂《うわさ》になっていなかった。

さすがにおかしいと思い、木工所に行った帰りに新聞を買ってみた。

文章を読むのは得意ではなかったが、わかる単語を拾って読んだり辞書を引いたりすれば、おおむね読める。

やはりグレインロードのことはなにも書かれていなかった。

彼が自分を置き去りにして城に向かい、身分を取り戻したに違いないと思っていたけれど、一週間が経った今、それは誤った考えのように思えてきた。

人間の体に戻ったグレインロードが、自信を回復して王子然として振る舞《ま》うこと自体は筋が通っているが、だからといって自分を置いていくだろうか。

彼はそんな薄情《はくじょう》な人間ではないし、もし仮に薄情な人間に変わったとしても……魔法《まほう》で百年眠《ねむ》っていた経緯《けいい》を知っているミルフェを置いていくのはおかしな話だ。

魔法使いを証人として登城させないなら、最低限ミルフェを連れていくだろう。グレインロードの人柄《ひとがら》とは無関係に考えても、事情を知るミルフェを置き去りにする行動は不自然に思えた。

──人間の姿になったことで、かつての自信を取り戻《もど》して……僕のことなんてどうでもよくなってしまったと思い込んでいたけれど、違う気がする。僕は自分に自信がないからといって、ロード様の心までゆがめて……悪いほうにばかり考えてしまったんだ。

あの夜、本当はなにが起きていたのだろう。

彼はどこへ行ったのだろう。

そして今、どうしているのだろう。

小さな体になったなら、服や靴《くつ》が残るはずだと決めつけてしまったけれど、焚火《たきび》の近くには小川があったのだ。

ひとりで小川に水を飲みにいき、そこでもし小さくなっていたら──。

──服と靴ごと流されることだってあるかもしれない。僕がもっと慎重《しんちょう》にあらゆる可能性を考えて、必死になって捜《さが》していたら……すぐに見つかったのかも……。

王子を名乗るまでもなく目立つグレインロードの存在が、一週間後の今でもまったく話題になっていない以上、おそらく彼は人間の姿をしていない。

人の世界に現れてなどいないのだ。

――小さいまま流されたなら、今大変なことになってるんじゃ……なんでもっと早く助けに行かなかったんだろう。なんで考えつかなかったんだろう。僕は、なんてことを……。

広げた新聞に両手をついたミルフェは、がたんと立ち上がって彼の肖像画《しょうぞうが》を見つめる。

この一週間、置き去りにされたと思って絶望していた自分に腹が立った。

肖像画を見てたのしかった時間を思いだしては泣いて、身分が違《ちが》うのだからしかたないんだ、当たり前の結果なんだ……と自分をなだめ、無理に納得《なっとく》していた日々をやり直したい。

もっと信じるべきだったのだ。

いくら自分に自信がなくても、彼のことは信じるべきだった。

――なにかあったんだ。今もきっと困ってる。助けを必要としてる！

小さくなって川に流されたあと、ひとりで大変な目に遭《あ》い、今もその状態が続いているかもしれない――そう思うといっときもじっとしていられず、ミルフェは家から飛びだした。

荷物もなにも持たないまま外に出て、夕暮れの白樺林《しらかば》を前に行き先を考える。

もう一度一週間前の野営地に戻るべきだろうか。そこから捜し始めて小川の下流まで、目をこらしながら歩いていったほうがいいかもしれない。それとも地図を見て最初から下流に行き、そこから上流に向かって捜し歩いたほうが早いだろうか。

――すぐに行かなくちゃ……でもこのままじゃ駄目《だめ》だ。どこに行くにしても野営用の荷物を持って、何日も捜し歩ける恰好《かっこう》をしてから行かなくちゃ……。

気持ちばかりが先走ってなにも持たずに出たミルフェは、店先できびすを返す。
そうして玄関《げんかん》に戻ろうとすると、妖精《ようせい》たちのざわめきがにわかに大きくなった。
相変わらずなにをいっているのかわからないが、騒《さわ》いでいることだけはわかる。
——妖精が、夕陽《ゆうひ》のほうへ……。
さあっと西に向かっていく妖精たちを、ミルフェは目で追った。
玄関扉《げんかんとびら》に手をかけたまま振《ふ》り返り、目だけではなく足でも追ってみる。
——向こうの道に、集まってる？
妖精たちに導かれた気がした。
なにか特別なことが起きている予感がする。
それは期待を含《ふく》めた強い願いでもあった。
店と王都を結ぶ道に飛びだすと、翅《はね》のある妖精たちが地面の近くに群がっていた。
道の端《はし》に、西日を背負う小さなシルエットが見える。
何枚かの布を重ねた古代人風の服を着ていて、木の杖《つえ》をついて歩いてくる。
一歩進むごとに揺《ゆ》れる髪《かみ》は、長めのブロンドだった。
逆光で顔は見えないが、シルエットだけでもわかる。
くたくたに疲《つか》れ果てた歩き方だったが、間違《まちが》いない。
グレインロードだ。

たくさんの妖精たちに囲まれながら、グレインロードが戻ってきたのだ。

「――殿下《でんか》……っ、ロード様！」

駆《か》け寄ったミルフェは、グレインロードの前で両膝《りょうひざ》をつく。

道の端で、彼はゆっくりと上を向いた。

疲れ果てているように見えたのに、今はもう達成感に満ちた顔をしている。

青い双眸《そうぼう》と純白の白眼《しろめ》が光を集め、夕陽を弾《はじ》き返して力強く輝《かがや》いていた。

少し曲げていた背中はぴんと真っ直《す》ぐに戻り、堂々と胸を張っている。

「ロード……様……っ」

ミルフェがこぼした涙《なみだ》が、グレインロードの顔にぴしゃりと落ちた。

クルミほどもない顔が、半分濡《ぬ》れて……しかし彼は確かに笑う。

「ただいま、ミルフェ」

そういって目を細めるなり、その場にゆらりと倒《たお》れてしまった。

「ロード様！」

ただいま、ミルフェ……ただいま、ただいま――そういってくれたグレインロードの体を、ミルフェは赤子を抱《だ》くように掬《すく》い上げる。両手でそっと、なおかつしっかりと抱き締《し》めて胸に寄せ、わけがわからなくなるほど泣きわめいた。

「ごめんなさい……っ、迎《むか》えにいかなくて……うたがって、ずっと……ごめんなさい」

彼を信じていたら、きっともっと早く再会できた。

こんなにひどく疲れた、ぼろぼろの姿にさせなくて済んだはずだ。

悪夢になどまどわされず、自分にキスをしてくれた彼の気持ちを、もっと信じていたら——。

「ごめんなさい」

謝っても謝りきれないけれど、胸と腕《うで》で感じる彼のぬくもりがうれしかった。

よく知っている重みが手の中にある。

この一週間、彼を捜しもせずただふさぎ込んでいた自分の許《もと》に、彼は帰ってきてくれた。

ぼろぼろになりながらも、自力で帰ってきてくれたのだ。

「……ごめんなさい……おかえり、なさい……っ」

「ミルフェ……」

ぐったりとしながらも意識はあるグレインロードに、ミルフェは何度も声をかける。

ごめんなさい、おかえりなさい、そして「ありがとうございます」といって、あふれる涙をぬぐった。


別のベッドで眠るという選択肢《せんたくし》はなく、ふたりで一緒《いっしょ》にミルフェのベッドを使う。

入浴を済ませて薔薇《ばら》やブラックオーキッドの香《かお》りになった彼を、ミルフェは隣《となり》で見つめた。

なんだか夢を見ているようだった。

暑くも寒くもなく過ごしやすい春の夜に、いつもの香りの彼がいる。

もう泥《どろ》だらけではない。洗い上げた髪と肌《はだ》は艶々《つやつや》としていて、完全によみがえっている。

グレインロードはミルフェの枕《まくら》の隣に人形用の枕を置き、そこに片耳を埋《うず》めながらこちらを見ていた。

「ミルフェが隣にいる……夢ではないだろうな？」

そう問いかけられたので、ミルフェは「現実です」と答えた。

また涙声《なみだごえ》になってしまい、グレインロードの顔がうるおいに揺れる。

彼はこれが現実であることを確かめるため、自分の頰《ほお》をぴしゃぴしゃと打っていた。

痛みがあれば現実ということなのだろうが、夢で痛みを感じることもあるかもしれないので、頰を打っても油断はできない。

夢と現実は、終わるか続くかの差しかないように思えた。

「ロード様に、話せずにいたんですけど……実は、百年前の出来事のような夢を見ました」

「――百年前の出来事？」

「ただの夢かもしれません。でも、それにしてはあまりにも生々しくて……これまで見てきた夢とは、どこか違う感じがしたんです。ロード様と出会った夜に見たので、なにか深い意味があるように思えて……」

どんな夢か訊《き》きたげなグレインロードに、ミルフェはすべてを話すつもりでいる。

彼の過去の乱行を夢に見て影響《えいきょう》を受けたことを、今は正直に話したい。

噂《うわさ》や夢にまどわされる自分の愚《おろ》かさをさらすことになるが、現在の彼をうたがったわけではないことを知ってほしかった。

「百年前の世界で、ロード様は……宝石を床《ゆか》に放《ほう》り投げていました。ブロンドの……すらりと綺麗《きれい》な青年たちに向かって、『もっとも大きな石を取った者を、今夜の相手とする』と、いっていました」

ミルフェの話に、グレインロードは顔色を変える。

実際に起きたことかどうか、確認《かくにん》するまでもない表情だった。

「ロード様は、みにくい争いを見て笑っていました。追加の石を投げて……」

それ以上いわないでくれ——そういわれた気がして、ミルフェは口を止める。

止められるまでもなく、これがすべてだった。

見たのはたった一度だけ、本当に短い時間の出来事。でも、一生忘れられないくらい鮮烈《せんれつ》な印象の夢だった。

「百年前に、実際に起きた出来事を……見せられたんだと思ったし、ロード様に関するよくない噂も色々と知っていました。だからって、うたがっていいわけじゃないけど……少なからず影響はあったように思います」

嘘《うそ》いつわりなく語ったミルフェの隣で、グレインロードは額に手を持っていく。

こめかみを揉《も》むようにしながら、「なんてことだ……」と深い溜《た》め息をついた。

それ以上はいわず、夢が現実に起きたことか否《いな》かについてなにも言及《げんきゅう》しない。

すっかり元《もと》に戻っていた顔色がまた、血の気が引くように悪くなっていた。

「噂とか、悪い夢とか……そういうものにまどわされて、今のロード様を信じられなかった。僕の罪です」

「いや、それは違《ちが》う。過去の私はいうまでもないが、今の私も、よくなかった」

「ロード様……」

グレインロードはベッドの上で立ち上がり、シーツの波を歩いてくる。

横たわるミルフェの顔のすぐそばに立つと、「私が悪いのだ」と胸に手を当てていった。

「お前に口づけをする前に、きちんと愛を誓《ちか》えばよかった」

「……っ」

「過去の悪事が入り込む余地などないくらい、お前の信頼《しんらい》を得ていたら……一週間もさみしい思いをさせなくて済んだはずだ。初めての恋《こい》に少しばかり浮《う》かれて、恥《は》ずかしがって、誠意をきちんと見せなかった私が悪い」

グレインロードはそういって心臓の上に手を当てたまま、「ミルフェ」と深刻な顔をした。

やはり夢でも見ているようで、ミルフェは「はい」とふるえる声で答える。

「私はお前を愛している」

「ロード様……っ」

「この一週間、様々なものに追われて困難もあったが、どんなときもお前のことを考えていた。再会できたら必ず、愛を誓うと決めていた。それを励《はげ》みに帰ってきたのだ」

グレインロードがさらに距離《きょり》を詰《つ》めてきて、ミルフェは頭を起こしかける。

けれども「そのままで」といわれ、枕の端《はし》に触《ふ》れられた。

そのまま……枕に頬をうずめたままでいいとわかると、彼がしたいこともわかってくる。

今のグレインロードとミルフェが口づけを交《か》わすには、こうでもしていないと駄目《だめ》なのだ。

ミルフェは横たわったまま……グレインロードは少し身を屈《かが》めるようにして、唇《くちびる》と唇を寄せ合う。極端《きょくたん》に大きさが違う唇が、今にも触れ合いそうだった。

「ミルフェ、私の伴侶《はんりょ》になってくれ。私は人間に戻り、お前と一緒にこの家で暮らしたい」

「……ロード様……っ、まさか……そんなこと……」

「本気でいっている。お前との暮らしが、たのしいのだ。宝石を投げて馬鹿笑《ばかわら》いをするよりも遙《はる》かにたのしくて充実《じゅうじつ》していて、お前といると、私は……私のことも好きになれる」

そういって微笑《ほほえ》むグレインロードの顔が、口元に迫《せま》ってくる。

嘘のようで、夢のようで……まさかと思う気持ちは残っていた。

それでも唇が触れ合うと、蕾《つぼみ》がほころぶように愛の誓いが咲《さ》き誇《ほこ》る。

今のグレインロードはとても小さく、唇の感触《かんしょく》もささやかなものだったが、物足りないとは思わなかった。

まぶたを閉じると、血の月の夜のグレインロードの姿が浮かび上がる。

あの夜の濃厚《のうこう》な口づけが、胸の奥にしっかりと刻まれていた。

むしろあのとき以上の想《おも》いを、今、感じられる。

「ロード様……僕も、好きです」

身のほど知らずでごめんなさい――そう思ったけれど、口には出さなかった。

身分違いは承知のうえで、「愛している」といってくれたのだ。

今はただ素直《すなお》に、よろこびだけを感じていたい。

「ミルフェ、もう二度と、私を手放さないと誓ってくれ。お前が私と別れることを前提として行動するのがいやだった。終わりのある関係だとは、思いたくなかった」

「ロード様……」

グレインロードが目の前に来て、閉じたまぶたに触れてくる。

ミルフェは両目を閉じたまま、「誓います」と短く答えた。

また、ごめんなさい、ごめんなさいと何度も謝りたくなったけれど、すべてを呑《の》み込む。

謝罪の言葉を全部呑み込んだそのうえで、「二度と手放しません」と誓った。

グレインロードは、理由はどうあれ決して手放されたくなかったのだ。

別れることを前提として行動してきた自分に対して、時にいら立ちを覚えていたのかもしれない。

——別れるどころか永遠を望んでくれていたなんて、夢にも思わなかった。こんなに幸せなことが、本当に現実なんだろうか？　なんだかもう、全部が全部……夢みたいだ……。

ぼうっとしているミルフェのまぶたに、グレインロードの唇が触れる。

何度もキスをくり返されるうちに、ミルフェは反対側のまぶたを上げた。

顔は見えなかったが、グレインロードの小さな体が見える。

「ロード様……ルフレイ峡谷《きょうこく》に行きましょう」

ミルフェは彼の背中に手を伸《の》ばし、そっと包み込むように触れた。

今度こそルフレイ峡谷へ……あの魔法使《まほうつか》いのところへ、行こうと思う。

身分を手に入れるためではなく、別れるためでもなく、ふたりで暮らしていくために、もう一度旅に出る。グレインロードを人間に戻し、ふたたびキスをするのだ。

今度こそ願いを叶《かな》え、身も心も、一つになりたい——。

4

翌朝、ミルフェは馬を借りて旅に出た。

馬に乗ったことなど数えるほどしかなかったが、グレインロードが同じ鞍《くら》に乗っているのでなにも心配要《い》らなかった。

別れることを前提としていたときはゆっくり進みたかったが、今は違う。

仕事の都合もあるので、早く行って、早く帰ってきたいと思っていた。

帰路は人間に戻ったグレインロードが手綱《たづな》を握《にぎ》れることを、今から切に願っている。

途中《とちゅう》、馬のために休憩《きゅうけい》を取ったが、天候もよく乗り物酔《よ》いも起こさず、順調な旅だった。

徒歩で半日かかる峡谷も、馬で行くと近く感じる。

緑豊かな大地から、風によって削《けず》られた岩ばかりの地帯へと、景色が変わっていった。

風も変わり、石灰岩《せっかいがん》の強い匂《にお》いを感じる。

いつの間にか口の中が砂っぽくなり、風で目が少し痛くなった。

「よくこんなところに住めるものだな」

「そうですね……あ、でもそんなことを本人に向かっていってはいけませんよ」

「うむ、もちろんわかっている。魔女《まじょ》の怒《いか》りを買うのは二度とご免《めん》だ」

「魔女という呼び方もやめたほうがいいです。その呼び方は好きじゃないといっていました。魔法使い……と呼びましょう」

「おお、それはいいことを聞いた。面と向かって魔女と呼んでしまうところだった」

「すっかり忘れていましたが、思いだしてよかったです。あと、おばあさんと呼ばれるより、おばさんと呼ばれるほうがいいようです」

「うむ、わかった。気をつけよう」

魔法使いの老女と接するときの注意事項《じこう》を確認《かくにん》したふたりは、そのまま峡谷を練り歩く。

砂利《じゃり》だらけの道を行くひづめの音が響《ひび》くが、それ以外は風の音しか聞こえなかった。

魔法使いは洞窟《どうくつ》に住んでいるらしい……と噂《うわさ》に聞いていたのでそれらしき場所を探すものの、なかなか見つからない。

水場があったので生活圏《けん》に入ったかと思いきや、大きなトカゲや鳥を見かけただけだった。

「いっそ声をかけてみたらどうだろう？」

グレインロードがそういうので、ミルフェは馬上から「魔法使いのおばさーん！」と、声をかけてみる。

岩肌《いわはだ》をひゅうひゅうと吹《ふ》く風にまぎれて、ミルフェの声が峡谷中にとどろいた。

ふたりで馬を歩かせながら、「魔法使いのおばさーん！」と声を揃《そろ》えてみる。

蜜月《みつげつ》のふたりには人捜《さが》しすらたのしかったが、状況《じょうきょう》は変わらなかった。

——どうしよう、お腹《なか》が鳴りそう。

日は高く昇《のぼ》り、すでに昼時になっている。

しかし魔法使いの居住地付近で昼食を摂《と》る気にはなれなかった。

食べている最中に現れでもしたら、あきれられるうえに不興を買いそうで心配だ。

空腹知らずのグレインロードは気づいていない様子で、「魔法使いのおばさーん！」と声をかけたり、「魔法使いのご婦人ー」といい直してみたり、馬の上で身を乗りだして一生懸命《いっしょうけんめい》に人捜しをしている。

——こんなときに食事のことを考えるなんて……。

いよいよ腹が減ってきたがサンドイッチを出すわけにもいかず、どうしようかと迷っていたミルフェは、腹の虫が心配でならなかった。

するとグレインロードが、「そろそろ腹が減ったのではないか？」と気づいてくれる。

そんなささいなことがうれしくて、空腹などまたたくまに吹き飛んでしまった。

「ナッツがあるので、それだけ口に入れておきます。大丈夫《だいじょうぶ》です」

そういった次の瞬間《しゅんかん》、腹がグーッと鳴ってしまう。

グレインロードが人間に戻《もど》れるか否《いな》かという重要な局面で、恥ずかしい音を立ててしまった自分がいやで——ミルフェは「ごめんなさい、ごめんなさい」とくり返した。

「謝るようなことじゃない、お前は人間なのだから当たり前だ。休憩を取ろう」

「ありがとうございます。……でも、ここは魔法使いのおばさんの家の近くかもしれませんし、呑気《のんき》に昼食を摂っていたら怒《おこ》られるかもしれません」

「そうだろうか？　あのご婦人はそんなことで怒りはしない気がするぞ。弱者にきびしい者や税金を無駄《むだ》にする者、人を見かけで判断する輩《やから》が嫌《きら》いなだけで……自分で用意した昼食を摂る善良な民《たみ》に怒ったりはしない」

「そうでしょうか？」

「ああ、心配しなくても大丈夫だ」

魔法使いの怒りを買って百年も眠《ねむ》らされていたうえに小さな体にされたグレインロードは、そんなことを微塵《みじん》も感じさせないほど自信を持っていった。

彼女のマントの内側に百年もいたのだから、なにか感じるものがあるのかもしれない。

改めて考えてみるとグレインロードのいう通りだと思い、ミルフェは馬から下りた。

峡谷は風が強く、時には砂嵐《すなあらし》が吹くため、場所を吟味《ぎんみ》してブランケットを敷《し》く。

剣《けん》の刃《やいば》をそのまま大きくしたような岩があったので、それを風避《よ》けにした。

家で作ってきたのは、チキンとハニーマスタードのサンドイッチだ。

グレインロードにはワインを与《あた》え、ふたりで向き合って休憩を取る。

「殺伐《さつばつ》とした雰囲気《ふんいき》の峡谷だが、こうしていると平和だな」

「そうですね、風が強いけど見晴らしはいいいし」

「ご婦人の棲《す》み処《か》がどこにあるのかわからないが、ようやくここまで来られてよかった。体は小さくとも、心はすっかり人間に戻った気分だ。気が早いが」

そういって笑うグレインロードは、バスケットに座って天を仰《あお》ぐ。緊張感《きんちょうかん》はないものの、多少興奮しているように見えた。

ワインを一口飲んで、またにこりと笑う。

「人間に戻っても時々こうして外でランチを食べよう。人間に戻ったらお前と同じものを食べたい。サンドイッチ、作ってくれるだろう？」

「もちろんです。あ……サンドイッチといえば、魔法使《まほうつか》いのおばさんと初めて会ったときも、このサンドイッチを持っていたんですよ。チキンとハニーマスタードのサンドイッチ。野犬に襲《おそ》われているところを助けたことになって」

「ああ、それで魔法の粉や種をもらったのだったな」

「はい。なんでも一つ願いを叶えてあげるといわれて、僕は……同性しか愛せない人を、話し相手に欲しいと思ったんです。それで魔法の種をもらいました、青い薔薇《ばら》の種を」

「そして私が咲《さ》いた」

「咲きましたね。親指くらいしかなくて、コロコロ転がって花から落ちて……」

ミルフェがふふっと笑うと、グレインロードも「コロコロか」といって笑う。

近くにつないでおいた馬まで、ヒヒンと笑ったように見えた。

これから無事に魔法使いに会えるのか、会ったとして願いを叶《かな》えてもらえるのか、今はまだわからない。

ただ、どうなろうとふたりには希望がある。

一緒《いっしょ》にいることは変わらないという幸福が、ふたりを支えていた。

「今回もしも断られたら、出直しましょうね」

ミルフェがいうと、グレインロードは「何度でも」と返す。

愛し合える体が早く欲しいが、心はつながっているので穏《おだ》やかな気持ちでいられた。

ただ、ミルフェには自分にいい聞かせている側面もある。

断られたときにひどく落ち込まないよう、あらかじめ覚悟《かくご》していた。

何度でも頼《たの》みにこよう——そう思っていないと、駄目《だめ》だったときに立ち直れない。

本音では強く深く、願っているのだ。人間の姿になったグレインロードに愛されることを夢見て、あの姿を、どうしようもないくらい求めている。

「——あんたたち、私の庭でなにをやってるんだい？」

しわがれた声がして、ミルフェはあわてて顔を上げた。

目の前に、髪《かみ》の長い黒ずくめの老女が立っている。

見晴らしがよい場所なので絶対に気づけるはずだが、まるで気づかなかった——というより、気づきようがない方法で現れたとしか思えない。

「魔法使いのおばさん！」

「貴女《あなた》を捜していました！」

ふたりして大きな声を上げると、今度は彼女のほうがびっくりする番だった。

耳を両手でふさぐ仕草を見せ、「なんなんだい、うるさいね」と顔をしかめる。

「大声を出して申し訳ない。貴女に会いたくてここまで来たのだ。うれしくてつい大きな声を上げてしまった」

「僕もです、ごめんなさい。それと、こんな所で昼食を摂ってすみませんでした。お庭だとは知らなくて、ごめんなさい」

謝るふたりに、魔法使いの老女は「はいはい」と軽く返していた。

怒っている様子はなく、不機嫌《ふきげん》そうにも見えなかったので、ミルフェは内心ほっとする。

「王子様、あんた妖精《ようせい》界のおたずね者になったそうだね。黄金の百合《ゆり》の王を怒らせたと聞いているよ。やるじゃないか」

魔法使いはアハハハハと大笑いしたが、ミルフェにはなんの話かよくわからなかった。

グレインロードから、「花の王国という妖精の国に売り飛ばされて逃《に》げてきた」とは聞いていたので、おそらくその件なのだろうと思って聞いていると、グレインロードが突然《とつぜん》、苦虫を噛《か》みつぶしたような顔をする。

「おたずね者なんて冗談《じょうだん》じゃない。私は意識を失っていただけなのに勝手に売られて、当然の権利として逃げてきただけだ。早く人間に戻って、妖精たちから追われずに、市井《しせい》の民として真っ当な生活をしたいのだ」

「市井の民として……ねぇ、随分《ずいぶん》と変わったもんだね、王子様」

「もう王子ではない。私はこれから、家具職人の見習いとして生きていこうと思っている」

「ロード様……」

グレインロードの決意をおおむね知っていたミルフェは、しかし彼の言葉におどろく。

すべては人間に戻ってから、時間をかけてゆっくりと考えればいいことだと思っていたが、

グレインロードは「家具職人の見習いとして」と明言したのだ。

眠りから覚めてから一ヵ月の間、工房《こうぼう》や模型部屋でミルフェが働くのを見ていたのだから、地味な作業だとわかっているはずなのに……彼は家具職人になるといってくれた。

それも、見習いから始めることを承知のうえでいっている。

また夢を見ている気分になり、ミルフェは耳をうたがった。

「元王子のあんたが、家具職人なんてつとまるのかねぇ？」

「そんなことは貴女が心配することではない。私は自分の能力を信じているし、先々のことも考えている。今は人形が流行《はや》っていてミニチュア家具が高く売れるが、流行はすたれるときが来るものだ。そうなったとき、ミルフェひとりでは大型家具を扱《あつか》えないが、私と一緒なら問題ない。製作はもちろん配達も可能になる。テーブルだって本棚《ほんだな》だって作れるのだ」

グレインロードはブランケットの上に堂々と立ち、小さな体から出るとは思えないほどよく通った声で話す。

魔法使いはミルフェ以上におどろいた様子で首をすくめると、「へえぇ、ほお」と大げさに感心してみせた。

「変われば変わるもんだね、いや本当に……あの放蕩《ほうとう》王子がこんなに真面目《まじめ》になるなんてね」

「ミルフェのおかげだ。彼に私をゆだねてくれた貴女にも感謝している」

グレインロードは彼女を見上げながら礼をいい、自分の胸を強く叩《たた》いた。

クルミほどもない顔で……けれども凛々《りり》しい顔つきで、ミルフェのほうに視線を向ける。

「ミルフェと共に生きていくために、私は人間に戻《もど》りたい。身分もなにも持たない若者として、新しい人生を歩みたいのだ。どうか私を、人間に戻してくれ」

「ロード様……」

彼の言葉に胸を打たれたミルフェは、魔法使いに向かって「お願いします」と頭を下げた。

これから自分たちがどうなるのか、すべては彼女次第《しだい》だ。

どうなろうと離《はな》れることはないけれど、今のままではあまりに切ない。

「簡単にいわれてもねぇ、小さくすることはできても、大きくすることはできないんだよ」

魔法使いはそういうなり両手を広げ、お手上げとばかりの仕草を見せる。

さらりと放たれた言葉に、ミルフェは胸を射貫《いぬ》かれるような衝撃《しょうげき》を受けた。

グレインロードが人間に戻れるか否《いな》か、それは彼女の心一つで決まると思っていた。

不可能という結末は見えておらず、きっと戻れると思っていたのだ。

できないといわれた今、この先どうしたらよいのかわからない。

急に目の前が暗くなり、めまいを覚えた。

――小さくすることは、できる……。

魔法使いの言葉の一部が、遅《おく》れて頭の奥に響《ひび》く。

闇《やみ》の中に射《さ》し込む一条の光のように感じられて、その言葉にすがりたくなった。

グレインロードが人間に戻れるのが一番だが、それが不可能なら……自分も妖精になって、愛し合える大きさになりたい。

彼と同じ性質のものでいられるなら、大きくても小さくても構わない。

本当に、なんだっていいのだ。つり合いの取れる体が欲しい、どうしても欲しい。

「小さくすることはできるなら、僕を……ロード様と同じようにしてください。妖精になって、同じ世界で、同じ時間を生きていきたいんです」

ミルフェが意を決していうと、グレインロードは「ミルフェ……」とつぶやく。

おどろいている様子だったが、その声には喜色が表れていた。

グレインロードが自分の決断をよろこんでくれていることがうれしくて、ミルフェはさらに力を込めて「小さくしてください、お願いします！」と頼み込む。

魔法使いは難しい顔をして、胸の前で腕《うで》を組んでいた。

ミルフェがもう一度「お願いします！」といっても、グレインロードが「私からも頼む」といっても、あきれた顔をするばかりでよい返事を返してはくれない。

「あんた、そんなに簡単に自分の生きてきた世界を捨てちゃいけないよ。あんたはこれまで、真面目に働いてきたんだろう？　人としてつちかったものや、信用だってあるだろう？」

魔法使いはミルフェに向かっていうと、グレインロードをじろりとにらみ下ろした。

「あんたも、恋人《こいびと》が世を捨てることをやすやすと受け入れちゃいけないよ。どうにか説得して思いとどまらせるのが、年上の恋人としての責任だろう。ふたりして恋《こい》に夢中になって、ふわふわ浮《う》いてちゃ駄目だ。地に足をつけて生きていかなきゃ」

「そんなことはわかっている！　だから私は人間に戻りたいのだ。地に足をつけて、真っ当な人間として生きていきたい。だがそれが無理なら、どうしても無理なら、妖精としてふたりで生きていくしかないではないか。別れるという選択《せんたく》はないのだから……っ、かといって、このまま大きさの違《ちが》う生き物として生きていくのはあまりにつらいのだから、小さくとも同じ生き物になりたいのだ。人間であろうと妖精であろうと、私はミルフェと同じでありたい！」

「ロード様……」

小さな体から力強い声を振《ふ》り絞《しぼ》るグレインロードは、涼《すず》やかな見た目とは裏腹に、熱の塊《かたまり》のようだった。

青い瞳《ひとみ》は熱く燃え、圧倒《あっとう》的に大きな体を持つ魔法使いに対抗《たいこう》している。

「僕も、同じ気持ちです。これまでつちかったものよりも、ロード様の恋人として生きていくほうが大事なんです。小さな妖精になって、人間からは見えない存在になったっていいんです。夢見がちかもしれないけど、僕は……っ」

僕は、恋をしているから……だからどうか、ロード様と同じ生き物にしてください――そういいたくても声が詰《つ》まって、途中《とちゅう》でいえなくなってしまった。

涙《なみだ》があふれてきて、濡《ぬ》れた頰《ほお》が砂まじりの風にさらされる。

自分が欲深くなっていることは自覚していた。

両親や兄夫婦《ふうふ》が守ってきた店のことだって、気にならないといえば嘘《うそ》になる。

本当はなにも手放さずに、すべてを手に入れたいのが本音だ。

でも、なにか一つしか叶《かな》わないなら、グレインロードの恋人でありたい。

話し相手が得られればそれでいいと思っていた頃《ころ》には、もう戻れない。

彼が好きだから、愛したいし、愛されたい。

「――若さっていうのはいいね、馬鹿《ばか》みたいに真っ直《す》ぐで、愚《おろ》かだけど正直だ」

やれやれと苦笑《くしょう》した魔《ま》法使《ほうつか》いは、黒いマントの内側を覗《のぞ》き込む。

小さな箱や袋《ふくろ》が仕込まれた内ポケットを探《さぐ》り、魚の浮き袋を使った袋を取りだした。

妖精が見えるようになる金の粉が入っていた袋と、ほとんど同じものだ。

「ミルフェ、これをあんたにあげよう。これには銀色の魔法《まほう》の粉が入ってる。家に帰ってから蜂蜜《はちみつ》を混ぜて、残さず全部飲むんだよ」

「はい、ありがとうございます！」

これを飲めば妖精《ようせい》になれる――そう思うと心が弾《はず》んで、うれしくてたまらなかった。

失うものも大きく、少しは不安もあるけれど、彼女に向けていった言葉にいつわりはない。

今の自分にとって一番大切なのは、グレインロードの恋人として生きることだ。

それ以上に優先することはないので、ミルフェは迷わずに受け取る。

「本当に、ありがとうございます」

「――それを飲むのは、あんたじゃないよ」

魔法使いはそういうと、皮肉っぽい……あるいはどこかいたずらっぽい笑《え》みを浮かべた。

皺《しわ》と血管が目立つ手をグレインロードに向け、びしりと指を差す。

「あんたが飲むんだ」

魔法使いの表情と言葉の意味がわからず、ミルフェはとまどう。

魔法の粉が入った袋を胸に抱《だ》き、「どういうことですか？」と訊《き》いてみた。

「……人間に、戻れるのか⁉」

魔法使いが答えるより先に声を上げたのは、グレインロードだった。

飛び上がらんばかりの勢いで、「そうだな⁉　そうなのだな⁉」と食《く》らいつく。

「……え？」

ミルフェは一層わけがわからなくなり、ぶわりと涙をこぼしてしまった。

生じた期待にすがりつくように魔法使いを見ると、彼女は黙《だま》って首を縦に振る。

「戻れる……んですか？　人間に？」

「――ああ、戻れないといったのは冗談《じょうだん》さ。本当は一年くらいのつもりだったのに、うっかり百年も眠《ねむ》らせてしまったからね……少しは責任を感じているんだよ」

そういって苦笑いした魔法使いに向かって、グレインロードは「いやよくやった！　むしろ百年でよかったのだ！」と大きな声で返し、バスケットの上に飛び乗った。

じっとしていられない様子で、「ミルフェがいる時代に来られた！」といったかと思うと、少しでもミルフェや魔法使いの身長に近づこうとして、その場でぴょんぴょんと跳《は》ねる。

「あのまま生きていても、王妃《おうひ》か兄に暗殺されていただろうし……貴女《あなた》はよくやってくれた。父を看取《みと》れなかったことだけは残念だが、これでよかったのだ。貴女は私に罰《ばつ》を与《あた》えたはずが、こんなにも幸せにしてくれた！　本当に感謝しかない！」

グレインロードは全身でよろこびを表すと、バスケットから飛び下りる。

ブランケットからも下りて砂利《じゃり》の上を走り、魔法使いの目の前までいった。

そうして彼女の顔を見上げると、「ありがとう、心から礼をいう！」といって、王子らしく優雅《ゆうが》に一礼する。

ミルフェは興奮と感激のあまり、礼の言葉も口にできなかった。

うれしくて涙が次から次へとあふれる一方で、グレインロードが口にした暗殺という言葉が引っかかり、ますます混乱してしまう。

グレインロードは父親と兄の死に目にあえなかったことを嘆《なげ》いているという認識《にんしき》だったが、そうではなかったようで……かといって今は頭の整理が追いつかず、ただただ混乱した。

「……っ、あ、ありがとう、ございます」

ようやく礼をいったときには、顔中がぐっしょりと濡れていた。

ミルフェはフキンをつかんでぬぐい、洟《はな》をすすりながら泣き声を抑《おさ》える。

妖精として生きる未来を覚悟《かくご》したけれど、人間としての生活を捨てなくていいのだ。

血の月の夜のように、グレインロードは人間の姿に戻《もど》れる。

ようやく、本物の恋人同士になれるのだ。

5

その日のうちに家に戻ったミルフェは、儀式《ぎしき》でもするようにグレインロードと向かい合う。

家具屋の二階にある自室のベッドにトレイを置き、銀色の粉が入った袋に蜂蜜を入れた。

袋を外から揉《も》んで混ぜ、こぼさないよう気をつけながら人形用のカップに中身を注ぐ。

一杯《いっぱい》や二杯では済まないことは最初からわかっていたが、想像以上に何杯も飲むことになり、呷《あお》っても呷ってもなかなか終わりがこなかった。

「これで最後ですっ」

十杯目でようやく袋が空になる。

全裸《ぜんら》のグレインロードは、最後の一杯を両手でしっかりとつかんだ。

ミルフェと目を見合わせ、深くうなずいてから口をつける。

ごくごくと喉《のど》を鳴らし、最後の一滴《いってき》まで飲み干した。

「――飲んだぞ……これで人間に戻れるはず……だな」

「はい。信じて待ちましょう」

しばらく待ってもなにも変化はなく、グレインロードは不安げに眉《まゆ》を寄せる。

ミルフェはトレイを片づけ、ベッドの上に膝《ひざ》をついてひたすら祈《いの》った。

夜のしじまに、自分の心音だけが響《ひび》いているようだった。

ミルフェは息を殺し、小さいままのグレインロードと見つめ合う。

相変わらず変化はなかったが、グレインロードの表情は変わっていった。

信じようとする気持ちの表れか、不安げなものから落ち着いたものになっていく。

「ミルフェ、目を閉じてくれ」

「目を？」

「人間に戻れたら、口づけをする」

「ロード様……」

絶対に人間に戻るんだ――そんな目をしているグレインロードに、ミルフェはうなずく。

奇跡《きせき》が起きることを信じて、まぶたを閉じた。

闇《やみ》の中で、一、二、三、四……と一秒ごとに時を刻み、待ち続ける。

十まで数えたとき、変化が起きた。

ベッドマットが沈《しず》み込むのを感じて――はっと目を開けそうになった瞬間《しゅんかん》、唇《くちびる》をやわらかいものでふさがれる。

「――っ、ぅ」

蜂蜜味のキスだった。

甘い唇が触《ふ》れ、熱い舌が割り込んでくる。

「……ん、ぅ……ぅ」

「――ッ、ン」

そっとまぶたを上げると、青い瞳《ひとみ》が見えた。ブロンドも見える。

白く大きな体が目の前にあり、彫《ほ》りの深い顔が自分よりも上にある。

夢でもまぼろしでもなく、血の月の夜のように一時的なものでもない。

彼は戻ったのだ。

百年の時を超《こ》えて、この世界で人間として生きていけるのだ。

「く、ぅ……っ」

甘い口づけを味わいながら、ミルフェは泣くのをこらえる。

こんなに幸せなのに泣くのは違《ちが》う気がして、むしろ笑顔を意識した。

目尻《めじり》を下げ、口角を少しだけ上げて、グレインロードの唇や舌を受け入れる。

木綿《もめん》のバスローブの上から肩《かた》をぐっと抱かれると、自分がとても小さく、きゃしゃな存在に思えた。

彼がその気になったらぽきりと折れそうな体を、シーツの上に押し倒《たお》される。

「は……ん、ぅ」

「――ッ、ハ……」

ベッドの上で重なり合い、より深い口づけを交《か》わした。

ミルフェも舌を動かし、グレインロードの舌に応《こた》えるように絡《から》める。

そうすると唾液《だえき》が口の端《はし》からあふれ、ひどく淫《みだ》らな気分になった。

これはただのキスではなく、性的なものであることを意識する。

「……ぁ、は……」

頭の重さを感じるほど深い口づけを交わしながら、両手で愛撫《あいぶ》を受けた。

片方の手は胸と上腕《じょうわん》の間に来て、乳首《ちくび》を指先でいじりながら体重をかけてくる。

グレインロードの重みがじわじわと伝わってくるのは、特別に感慨《かんがい》深いものがあった。

片手で持てるくらい小さかった彼ではなく、大層立派で筋骨隆々《りゆうりゆう》の体をした彼が、目の前にいるのだ。覆《おお》いかぶさるようにして、すぐそばにいてくれる。

「……ん、ぅ……っ」

もう片方の手は腰《こし》に伸《の》び、頼《たよ》りないミルフェの腰や小さな尻《しり》をなぞった。

バスローブの腰紐《こしひも》をしゅるりとほどかれると、肌《はだ》があらわになる。

穿《は》いていた下着に直接触れられ、恥《は》ずかしくて顔が熱くなった。

「あ、ぁ……ロード様……」

「ミルフェ、ああ……なんて可愛《かわい》い……なんて美味な唇なのだ」

口づけが終わったと思うや否《いな》や、すぐにまた口づけられる。

むさぼらずにはいられない様子に、胸の中まで熱くなった。

――また……可愛いっていってもらえた……美味な唇って……。

グレインロードの想《おも》いを信じると決めても、自分に対する自信はまだまだ足りない。

だからとてもうれしかった。言葉で伝えてくれるのも、行動で求めてくれるのも、どちらもうれしくてしかたがない。

「ん、ふ……ぅ」

「――ッ、ゥ」

求められれば求められるほど自信がついて、自分から求める勇気が湧《わ》いた。

ミルフェはグレインロードの唇を味わいながら、彼の背中に手を回す。

加減をせずに抱《だ》き締《し》めてみたくて、両手でぎゅっと抱きついた。

大天使の翼《つばさ》が生えてきそうな肩甲骨《けんこうこつ》に指を引っかけるようにしながら、さらにぎゅっと強く抱き締める。

「……ミルフェ、さすがに苦しいぞ」

唇を離《はな》したグレインロードは、ちっとも苦しくなさそうにくすっと笑った。

手加減不要のたくましさが愛《いと》しくて、ミルフェも一緒《いっしょ》になって笑う。

半泣きになってしまったが、よろこびで胸がいっぱいだった。

手の中にある肉体の感触《かんしょく》が頼《たの》もしくて、重みがうれしい。

それこそ苦しくなるくらい、押しつぶされてみたい。

「ミルフェ、私の可愛いミルフェ……」

グレインロードの体が少しずつ下がっていき、唇が首筋に当たる。

敏感《びんかん》な皮膚《ひふ》を吸われると、脚《あし》の間につきんとした刺激《しげき》が走った。

でも、まだ十分ではないことを知っている。

もっと鋭《するど》い刺激を感じられる場所がある。

「は……ぁ……っ」

唇と舌が鎖骨《さこつ》に向かい、乳首まで下りていく。

ミルフェの体の輪郭《りんかく》をなで回していた手は、両方とも尻の肉に落ち着いた。

「あ、ぁ……っ」

乳首を吸われながら、シーツに沈んだ双丘《そうきゅう》を揉みしだかれる。

首筋を吸われたときとは比べものにならない刺激が、脚の間に届いた。

つきん、つきん……と、性器の先や、吊《つ》り下がった袋《ふくろ》が脈打つように反応する。

自分が男だということを強く意識する一方で、しかし抱かれる身であるという事実に、胸が高鳴った。

「……ぅ、ぁ……ロード、様……」

心の奥底に秘めてきた願望が、今やっと叶《かな》おうとしている。

初めて恋《こい》をして、初めて知った独占欲《どくせんよく》が、ようやく満たされようとしている。

「ロード様……っ、ロード様……」

乳首に吸いつくグレインロードの頭を、ミルフェは両手で掻《か》き抱く。

髪《かみ》の一筋まで逃《のが》さないよう抱き寄せて、洗い立てのブロンドに指を絡めた。

彼のいい匂《にお》いがする。

薔薇《ばら》のオイルとブラックオーキッドの香水《こうすい》が、仄《ほの》かに香《かお》っている。

甘美《かんび》で、身も心もくらくらするようないい匂いだった。髪を梳《す》くと、さらに香る。

「……ん、ぅ……ふ……」

左の乳首をちゅうっと強く吸われ、性器が硬《かた》い芯《しん》を持つ。

そこに触れられている気さえしたが、グレインロードの手は双丘にあった。

やわらかく小さな肉を、下着ごと左右別々に揉《も》まれている。

体中のどこもかしこも気持ちよく、雲に乗っているような心地《ここち》だった。

特に乳首がよくて、ちうちうと夢中で吸っているグレインロードを見つめていると、自分の中にある庇護欲《ひごよく》が反応する。

ともすれば母性や父性なのかもしれないが、小さかった彼に対する想いが、今も自分の中に生きている気がした。

「ミルフェ……ミルフェ……」

名前を呼ばれ、すっかり硬く尖《とが》った乳首をかじられる。

ひゃっと悲鳴を上げたくなるような、鋭い快感に襲《おそ》われた。

ただよう雲の上でゆっくりしている暇《ひま》はないと、揺《ゆ》り起こされたかのようだった。

粒《つぶ》の形に尖った左の乳首が解放され、今度は右の乳首を舐《な》められる。

不完全な変化を遂《と》げていた右側も、すぐにつんと尖った。

「……んぅ、ぁ……っ」

普段《ふだん》は存在感も色も薄《うす》い乳首が、おどろくほど強く主張する。

グレインロードの口の中で転がされ、そのたびにびくびくと腰がふるえた。

ミルフェはブロンドを梳きながら彼の頭をなで、なにも出ることのない乳を存分に与《あた》える。

満たされる庇護欲と独占欲に、性器はおろか双丘の間の後孔《こうこう》まで、ずくずくとうずきだしていた。

「は、ぁ……ぁっ」

下着を下ろされると、無防備になった性器が上下に揺れる。

ぴしゃりと腹にかかる先走りは生ぬるく、早くも青い匂いを立ち上らせていた。

グレインロードの頭の位置が下がっていき、これからなにをされるのかを察する。

「……ふ、ぁ……！」

それは期待も同然だった。血の月の夜に自分がしたことを、されたくてしかたない。

「――ッ、ン」

性器を口に含《ふく》まれながら、双丘の肉を直《じか》に揉まれる。

指があわいに向かっていくのがわかり、ミルフェの顔は羞恥《しゅうち》に染まった。

性器を舐め吸われるだけでも恥ずかしいのに、後ろまでいじられるのはたまらない。

恥ずかしくて……でも決していやではなくて、羞恥の裏には、甘美な期待がたっぷりと張りついていた。

「や、ぁ……っ」

グレインロードの口に深々と食《は》まれたミルフェは、快楽に膝《ひざ》をがくがくとふるわせる。

上下の唇《くちびる》で挟《はさ》まれ、強く吸われた挙げ句に、ねっとりと舌で粘膜《ねんまく》をほじくられた。

すぐにでも達してしまいそうなほど刺激的で、熱い血が一点に集中する。

「ロード……様っ、ぁ……！」

こらえるミルフェは爪先《つまさき》でシーツを掻き乱し、必死になって意識を散らした。

サイドボードに置いたトレイや、人形用のカップ、薔薇のオイルなどに目を向ける。

そうしてどうにか快楽にあらがうものの、薔薇のオイルの使い道を考えると後ろがうずいた。

「ミルフェ……今夜は少し痛みを与えてしまうかもしれない」

許してほしいといいたげにささやくグレインロードの息が、鼠径部《そけいぶ》にほわりとかかる。

熱っぽく湿《しめ》った息はあまりにもなやましく、ミルフェは「はい」としかいえなかった。

痛みを覚悟《かくご》して多少緊張《きんちょう》するものの、グレインロードを信じているのでこわくはない。

「ミルフェ……お前は、こんなところまで綺麗《きれい》な色で……とても可愛《かわい》い」

「――っ、ぁ……！」

薔薇のオイルを手にしたグレインロードの手で、双丘を大きく割られた。

指先が後孔に触《ふ》れる。オイルをとろとろと表面に塗《ぬ》り込められた。

「んぁ……ぁ」

すぼまったところをなでられるのが気持ちよくて、どうしても喘《あえ》いでしまう。

両脚《りょうあし》は自分でも信じられないほど大胆《だいたん》に開かれていて、本来秘めるべきところを前も後ろもさらしている。

途轍《とてつ》もなく恥《は》ずかしいのに……そんな恥ずかしいところを、グレインロードに見られていることに燃えた。

綺麗なはずがないそこを、彼が見たがっているという事実がうれしくて、よろこびが快感に変わる。

「は、ぁ……！」

つぷりと指が入ってくる。

異物を確かめるような動きをするうねりにゆだねて、ゆっくりと入ってくる。

指がまとったオイルが、あわいを音もなく滑《すべ》り落ちていく。

シーツに染《し》みた気がしたが、気にしている余裕《よゆう》はなかった。

「あ、ぁ……っ」

「力を抜《ぬ》いて……もし痛かったら教えてくれ」

「は……はい」

指を一本入れられただけの今は痛みとはほど遠く、違和感《いわかん》ばかりが強かった。

気持ちがいいのか悪いのか、よくわからない感覚がある。

「ん、ぅ……ぅ」

「苦しくないか？」

「は、ぃ」

くぷくぷと音を立てて中をこねられると、違和感を上回る快感を知った。

生々しい肉のうねりを、押し開かれるのが気持ちいい。

もっと触《さわ》ってほしくて、腰《こし》が動きそうだった。

「あぁ……っ！」

まったりとした官能の時間に、ミルフェは小さな悲鳴を上げる。

これまでの嬌声《きょうせい》とは違《ちが》う、裏返った声になっていた。

触られると全身がびくっとふるえてしまう一点があり、体の中でこりこりと、痼《しこり》をほぐすような響《ひび》きがある。

「や、ぁ……そこ……っ、ゃ」

「ここがお前のいいところだ。男の体にこんなに感じるところを作っておいて、男同士で愛し合ってはいけないなんて……おかしな神だと思わないか？」

「ふぁ、ぁ……っ！」

グレインロードがなにをいっているのか、半分くらい頭に入らなかった。

いいところ——といわれたところを指で押しほぐされると四肢《しし》が勝手に動き、シーツの上でわけのわからない動作をしてしまう。

自分で自分の体を制御《せいぎょ》できず、性感帯を初めてこわいと思った。

「や……ゃ、ぁ」

「——いやではないだろう？　とても気持ちよさそうだ」

「あ、ぁ……！」

ぬぷぬぷと音を立てながら、指が出入りをくり返す。

気づいたときには二本になっていて、すぼまりを拡《ひろ》げられる感覚が顕著《けんちょ》になった。

「ミルフェ……お前の一番いいところを、私のこれで……何度も突《つ》きたい」

「あ、ぁ……っ」

グレインロードに手首をつかまれ、彼の性器へと右手を運ばれる。

触れたい気持ちは元々あったので、なんの抵抗《ていこう》もなかった。

彼の性器が天を仰《あお》ぎ、反り返っているのがうれしい。

「わかるか？　このあたりだ」

グレインロードは、性器の先のくびれをミルフェにさわらせた。

魚のえらを彷彿《ほうふつ》とさせる張りだしたカーブに、指の腹が当たる。

「ここを引っかけるようにして、何度も……」

「――っ、ぁ」

硬《かた》くて太い肉の塊《かたまり》が自分の中に収まることを考えると、性器も後孔もひくついてしまう。

抱《だ》かれる快楽をまだ知らないはずなのに、もうわかった気分になっていた。

指だけでもこんなに気持ちがいいなら、性器を挿入《そうにゅう》されたらどうなるのかと……ましてや、雁首《がんくび》のあたりを性感帯に何度も、引っかけるようにして押し当てられたらどうなるのか、期待感で胸がいっぱいで、いっときも待っていられない。

「ロード様……っ、もう……」

「もう達《い》きそうか？　それとも、もう挿《い》れてほしいのか？」

ふふと笑ったグレインロードに、ミルフェは「両方です」といいたかった。

恥ずかしくていえなかったが、今すぐにでも達してしまいそうだし、今すぐにでも挿入してほしい。

「……あ、ぁ……！」

「どちらもまだ早い」

グレインロードはそういってミルフェの太ももをつかみ、ぐるりと体を裏返す。

はっと気づいたときにはもう、上下が逆になっていた。

グレインロードの体をまたぐ形になったうえに、足のほうを向かされる。

「ロード様……っ」

「もっとよく見せてくれ、果実のように丸い尻《しり》が見たいのだ」

「……っ、でも……こんな……！」

仰向《あおむ》けに寝《ね》たグレインロードの上で、ミルフェはわけがわからず混乱する。

今の自分の体勢と、グレインロードの目になにがどう映っているかを考えると、全身の血が頭に上りそうだった。

上向けられた双丘《そうきゅう》を左右別々に握《にぎ》られ、ぐわりと割り拡げられる。

あわいに秘めた後孔《こうこう》が空気にさらされ、彼の目にもさらされているのがわかった。

尻ごとグレインロードの顔に向けて下ろされると、混乱と羞恥《しゅうち》が頂点に達する。

「や、ぁ……そんな……ゃ……」

「――ミルフェ……君は最高だ」

うっとりと甘い声が、後孔や双丘に触れた。

グレインロードの舌が後孔の表面を這《は》い、そのまま下がって袋《ふくろ》まで舐《な》められる。

つつかれて揺《ゆ》らされたり、かぷりと中の双珠《そうじゅ》ごと食《は》まれたりと、息をつく暇《ひま》もなかった。

「……あ、ぁ……ん！」

双珠を口の中で転がされるのがたまらなくて、ミルフェはぶるぶると腰をふるわせる。

「――ッ、ク……」

後孔には長い指が深く浅く出入りして、薔薇《ばら》のオイルを注ぎ込まれた。

くちゅくちゅと粘質《ねんしつ》な音が立ち、中まで拡がっていく。

「は、ぁ……ぁ……っ」

達するのをこらえたり羞恥したり、自分のことで手いっぱいだったミルフェは、真下にあるものに遅《おく》れて気づいた。

眼下に、とんでもない存在感を持つ性器がそびえている。

目にした瞬間《しゅんかん》、なにかしたいと……なにかしてあげたいと思い……しかし手は自分の上体を支えるばかりで動かせなかったので、おずおずと舌を伸《の》ばした。

「ミルフェ……ッ」

「うく、ふ……ぅ」

不遜《ふそん》な印象を抱《いだ》かせる凶暴《きょうぼう》な性器を、舌で舐めながら口に含《ふく》む。

ミルフェの小さな口ではほとんど入らなかったが、先端《せんたん》の一部を吸って、肉孔《こう》をぐりぐりとほじくるように舐めた。

「――ゥ、ア……ミルフェ……」

そうすると性器に芯《しん》が通り、一段階、また一段階と硬度《こうど》が増していく。

先端の肉孔からは塩気のある蜜《みつ》があふれだし、それは媚薬《びやく》のようにミルフェに効いた。

舐めれば舐めるほど、飲めば飲むほど、淫《みだ》らな気分になっていく。

肉孔のさらに奥をほじくりたくて、舌を細く伸ばして責め立てた。

「……ハ、ア……ミルフェ……ッ」

「く、ふ……う、ぅ」

グレインロードが感じているのがわかると、ミルフェの快楽も増していく。

口角がぴりぴりと痛くなるほど口を開け、なるべくすべてを粘膜《ねんまく》に迎《むか》え入れた。

「ミルフェ……ッ」

我慢《がまん》の限界とばかりに、グレインロードが起き上がる。

組み敷《し》かれたミルフェは、ベッドの上に四つん這《ば》いになった。

高く上げた尻の間に、とんと重たいものを置かれる。

尾《び》てい骨《こつ》のあたりで、おどろくほどの熱を感じた。

「あ、っ、ん」

ミルフェの唾液《だえき》に濡《ぬ》れたそれが、オイルまみれの後孔に当たる。

ぬちゅっと音を立てながら、熱くて硬い肉の塊がめり込んできた。

十分にほぐしてもらったので痛みはなく、途轍《とてつ》もない圧力を感じる。

大きく重たいものが、狭《せま》い肉の輪を内側からぐぐっと拡げて入ってきた。

「あ、ぁ……ぁ！」

「――ッ、ゥ」

快楽に満ちたグレインロードの吐息《といき》が、うなじにかかる。

達するのを我慢しているのは自分だけではないことを、肌《はだ》で感じられた。

ずっぷりと奥まで入ってくるものが、体の中で生き生きと動きだす。

まるで別の生き物として、そこだけが息づいているようだった。

「あは……ぁ、ぁ！」

「……いけない子だな、初めてなのに、こんなに、とろとろに溶《と》けて……絡《から》みつく。よすぎて、すぐに達してしまいそうだ」

「や、ぁ……ふぁ……！」

腰《こし》にあったグレインロードの両手が、胸まで滑《すべ》ってくる。

左右の乳首《ちくび》を同時に摘《つ》ままれると、電流のようにびりびりとした刺激《しげき》が走った。

触《ふ》れられていないはずの性器が、まるで上下に激しく扱《しご》かれているかのように快感を覚え、絶頂が目の前に迫《せま》ってくる。

「くぅ、あ――っ！」

びゅくびゅくと、我慢できずに達してしまった。

大粒《おおつぶ》の雨が地面を叩《たた》くときのような音が、シーツの上に散る。

立ち上る青いにおいはいやらしくて、いけないことをしている背徳感があった。

一方で頭の中は桃色《ももいろ》に染まり、突かれれば突かれるほど気持ちがよく、幸福感が満ちる。

こんなに気持ちのいいことを、ミルフェは他《ほか》に知らなかった。

きっと、これ以上なんて他にないと思った。

好きな人ができて、恋《こい》をして、その人に大切にされて、一つになれる——ああなんて幸せで、とんでもなく気持ちがいいのだろう。

頭がおかしくなってしまう。

「あ、ぁ……い、ぃ……いぃ！」

「——ミルフェ……私もだ、私も……とてもいい……っ」

気持ちのよさに恥《は》じらいを吹《ふ》き飛ばされ、「いい」といわずにいられなかったミルフェに、グレインロードも同じく、感極《かんきわ》まった声を返す。

「ロード様……ぁ、いい……ぁ……っ」

「ミルフェ……お前の中は、熱くて……きつくて、とても……っ」

「あぁ……！」

よろこびに満ちた声でうなじをなでられると、それだけでまた達してしまいそうだった。

ベッドで聴《き》くグレインロードの声は官能的で、耳で感じる幸福もある。

全身の肌も含めて、五感のすべてが性感帯になったかのようで……触れられるところ全部が心地好《ここちよ》かった。

グレインロードの存在を、体中が正確に感じている。

「ミルフェ……ッ、お前の中に……出させてくれ……」

「ロード様……ぁ、あ……っ」

乳首を摘まれながら、奥をずんと突《つ》き上げられた。

最奥を突かれるよろこびに、ミルフェは幾度《いくど》も「いい」と嬌声《きょうせい》を上げる。

いいといわずにいられない、とても黙《だま》っていられない……こんなことは初めてだった。

ひとりで自分をなぐさめていたときには決して得られなかった、あらがいがたい快感に気が遠くなる。

「ミルフェ……ッ」

「やぁ……奥……っ、奥、に……！」

どくどくと奥で脈打つグレインロードを、ミルフェはふるえながら迎える。

彼の快楽の証《あかし》が、もっともわかりやすい形で放たれるのを感じていた。

重く熱い精液で体の奥を打たれるよろこびに、涙《なみだ》がにじんでくる。

「あ、ぁ……あ！」

ずりゅんと一度下がったグレインロードが、粘《ねば》り気をまといながら戻《もど》ってきた。

つながったまま体を表に返され、うつ伏《ぶ》せから一転、仰向けになる。

脚《あし》が邪魔《じゃま》をして絡みそうだったが、グレインロードの手で上手《うま》く流された。

ブロンドが目の前で揺れる。

彼の顔が真上に来ていた。

「ミルフェ……すまない、休みをやる余裕《よゆう》がない」

「ロード……様……ぁ！」

「もう、こんなだ」

言葉通り休みはなく、グレインロードの腰がゆるやかに動きだす。

顔を見合わせたままの抽挿《ちゅうそう》は、愛されるよろこびを新たに教えてくれるものだった。

ずくずくと真っ直《す》ぐに何度も挿《さ》され、少し引いたかと思うと、今度は中の性感帯を刺激して、斜《なな》めにぐりぐりと挿される。

「は、ぅ……あぁ……」

「――ミルフェ、当たっているのが……わかるか？」

「は、ぃ……はい……っ」

指で押しほぐされるのとは違《ちが》う快感を覚えながら、ミルフェは腰をうねらせる。

黙って脚を広げているだけではいられず、腰が勝手に動いてしまった。

自分が動くことでますます摩擦《まさつ》が生まれ、刺激的な抽挿になる。

「い、ぃ……気持ち、ぃ」

「私もだ……お前の中は、なんて居心地《いごこち》がいいのだろう」

「や、ぁ、あ……！」

いやなことなど一つもないのに、ミルフェはいやいやと首を横に振《ふ》った。

いっときもじっとしていられない体で、重たいグレインロードの体を受け止める。

ワインボトルと同じくらいの大きさだった彼が、こんなに立派な青年の姿に戻ったことを、改めて感じていた。

「ロード様……っ、ぁ……おっき、ぃ」

両手で抱《だ》き寄せるグレインロードの体はもちろん大きく、体内にある彼もたまらなく大きく、熱くて……ミルフェは感じたままを口にする。

「ミルフェ……そんなことをいわれたら、またすぐに……っ、達してしまう」

「……ロード様……っ」

グレインロードと一つになったまま、ミルフェは唇《くちびる》をふさがれた。

深々と滑り込む舌を味わいながら、熱烈《ねつれつ》な口づけを交《か》わす。

愛されるよろこびに、また涙がこぼれてしまった。

6

南の国からやって来た家具職人の見習い、ロード・グレーと名乗り始めて一ヵ月——豪華《ごうか》なブロンドを短く切ったグレインロードは、ミルフェと仲むつまじく暮らしていた。

王都では今のところ人形人気が続いているので、手がける家具は人形用のものか、猫《ねこ》や犬のためのものだけだ。

人間用家具に比べれば取り扱《あつか》いが楽なので、まだ仕事に慣れないグレインロードにとっては好都合だった。

ミルフェは見た目とは打って変わって、非常にきびしい師匠《ししょう》だった。

一ヵ月経《た》ってもグレインロードには皿とスプーンしか作らせず、家具に関しては台座部分のやすりがけや、オイルで磨《みが》き上げる作業しか手伝わせていない。

もちろん彼に遠慮《えんりょ》しているわけではなく、店の商品としてのクオリティーにこだわりがあるからだった。

グレインロードはグレインロードで、自分の力で金を稼《かせ》ぐことに注力し、ミニチュア絵画を描《か》き続けている。体が小さかったときとは違って細かい作業は難しいが、ルーペを使いながら極細《ごくぼそ》の筆で緻密《ちみつ》な絵を描き、予約待ちが出るほどの人気を博していた。

他にもグレインロードには夢があり、剣《けん》よりもペンや筆を取ることが多くなった。

画家になりたいと思う一方で、読書好きが高じて自分でも小説を書きたくなり、家具職人見習いのかたわら執筆《しっぴつ》を続けている。

華《はな》やかな容姿のうえに同性愛者ということもあって目立ちたくはなかったが、自分の作品を世に出したい気持ちは持っていた。

「ロードさん、そろそろお昼にしましょうか」

大きなルーペを手に絵を描いていたグレインロードに、ミルフェが声をかけてくる。

今日は店が休みで天気もよいので、昼食は外で摂《と》ることになっていた。

「ちょうど腹の虫が鳴いたところだった。今日のサンドイッチも楽しみだ」

「なにを作っても美味《おい》しいっていってくださるから、作り甲斐《がい》があります。今日はベーコンとメープルシロップと玉子のサンドイッチですよ」

「おお、塩気と甘みが合わさって美味しそうだ」

「ロードさんは嫌《きら》いなものがないから助かります」

ふふと笑ったミルフェは、エプロンを取ってくるくると軽く畳《たた》む。

二人で工房《こうぼう》をあとにして、店の前の白樺《しらかば》林に向かった。

以前は自然物しかなかったが、今は池の近くにベンチを置いている。

もちろんミルフェが作ったものだ。商品ではないので、グレインロードも少し手伝った。

水を弾《はじ》く塗料《とりょう》が塗《ぬ》られたベンチに、二人並んで腰《こし》かける。同性愛者だということを隠《かく》さなければならないため、あくまでも師匠と見習いとして、間にひとり分以上の隙間《すきま》を空けて座るのがお決まりだった。

そこにバスケットを置き、二人でサンドイッチを食べる。

王都で一番のパン屋で買ったふわふわのパンにバターを塗り、厚く焼いた玉子と、こんがり焼いたベーコンにメープルシロップをかけたものを挟《はさ》んであった。

サラダ代わりの自家製ピクルスは三種類、飲み物はワインと紅茶がある。

グレインロードはスティック状のニンジンのピクルスを食べ、メープルシロップがとろりと光るサンドイッチにかぶりついた。

塩気と甘みが合わさっているのは想像通りだったが、ベーコンの塩気だけではなくバターの塩気もじゅわりと加わり、実に美味しい。焦《こ》げる一歩手前まで焼かれたベーコンが香《こう》ばしく、一口で頬《ほお》が落ちそうだった。

「すごいな、わずかな時間でこんなに美味なものが作れるなんて、ミルフェは料理人にもなれそうだ」

「そんな、褒《ほ》めすぎですよ」

「本当のことだ。城の料理人よりも上手で、私の胃袋《いぶくろ》をつかんで放さない。昨夜食べたロールキャベツとトマトのスープも酸味が絶妙《ぜつみょう》で、すぐにまた食べたいほど美味だった」

「もったいないお言葉ですが、そんなふうにいってもらえるとうれしいです。ロールキャベツ、また作りますね」

「ぜひ頼《たの》む」

「はい。以前は自分のために作っていただけなので、今はすごく作り甲斐があります。ロードさんよく食べてくれるし」

「美味しいからだ。それに育ち盛りだしな」

「またそういうご冗談《じょうだん》を……でもほんと、自分だけだと同じものが続いてもいいやって、つい適当になっちゃうので、自分の体のためにもなってます」

「それはよかった。ミルフェには長生きしてもらわないと困る」

そういったグレインロードに、ミルフェは「はい」と、はにかむ。

ベッドでは意外と大胆《だいたん》でありながら、昼は真面目《まじめ》な職人であり、清楚《せいそ》可憐《かれん》な恋人《こいびと》でもあり、グレインロードにとって、ミルフェの持つ顔はどれもたまらなく魅力《みりょく》的だった。

それに察しがよくクレバーで、余計なことをいわないところも好ましい。

百年前の世界で、グレインロードが王妃《おうひ》や兄に命を狙《ねら》われる立場にあったことについても、「暗殺ってどういうことですか？」と一度訊《き》いてきただけだった。

グレインロードが「もう終わったことだからよいのだ」と返せば、はいわかりましたと聞きわけがよく、好奇心《こうきしん》に任せて古傷をえぐるようなことは決していわなかった。

グレインロードからしてみれば、身内や他人に憎《にく》まれたり嫌われたり、迫害《はくがい》された過去は、思いだしたくないものだった。

事実は事実だとわかっているが、考えずに消し去りたいのだ。

いちいち話して、ミルフェの記憶《きおく》の中にみじめな自分を植えつけたくなかった。

仮にそれが、かわいそう……と同情を買う話だったとしても、グレインロードは憐《あわ》れっぽい自分を百年後の世界に引きずりたくない。

なにしろ、今の自分が一番好きなのだ。

家具職人としてミルフェに頼《たよ》られるようになりたいし、画家にも小説家にもなりたい。

読みたい本が山ほどあって、やることがいっぱいで、夢もいっぱいで……毎日がたのしくてしかたがなかった。

「……ぁ！」

幸福に浸《ひた》りきっていたそのとき、足のすねに小石が当たる。

砂利《じゃり》ほどの石だが、一個や二個ではなかった。

痛くはないものの、不思議な現象だ。

「なんだ？」

ベンチに座ったまま足元を見てみると、そこには人間そっくりの……しかしワインボトルと同じくらいの背丈《せたけ》しかない妖精《ようせい》たちがいた。

「え、え……っ、服を着た妖精!?」

そういってびっくりしているのはミルフェで、グレインロードは別の意味でぎょっとする。

シルクで出来た布を使った古代人風の恰好《かっこう》の妖精が、ざっと見たところ十体以上いた。

花の王国の兵士だ。砂利をつかんでは投げつけてきて、なにやら怒《おこ》っているらしい。

「ロードさんっ、なんですかこれ!?」

「追っ手だ……っ、大丈夫《だいじょうぶ》。ちょっといやがらせをするだけで、すぐいなくなるからっ」

兵士たちはグレインロードの脚《あし》にさらに石を投げ、「妖精に戻《もど》れ!」と怒鳴《どな》り散らす。

しかし戻れないことはわかっているようで、しばらくしたら去っていった。

ミルフェは呆気《あっけ》に取られ、呆然《ぼうぜん》と彼らを目で追っている。

グレインロードも同じく、彼らにはあきれていた。

妖精だったころはもっと執拗《しつよう》に追われたが、人間に戻ってからも時々現れるのだ。

「ロードさん、今の妖精たち……服を着てましたよね。靴《くつ》も履《は》いてましたよ！　それに人間の言葉を話してましたっ」

「花の王国の妖精は知性が高いのだ」

ミルフェの目には妖精たちの姿がぼんやりと透《す》けて映っているはずだが、洋服や靴は明瞭《めいりょう》に見えたようだった。さらにもう一度「服と靴……びっくりです」と目を丸くしている。

「や、そんなことより大丈夫なんですか？　石を投げてくるなんて」

「もうどうにもならないことは、向こうもわかっているから大丈夫だ。ただちょっとしつこく執着《しゅうちゃく》されて……いやまったく、モテてしまって困るな」

あえて苦笑《くしょう》したグレインロードの隣《となり》で、ミルフェは細い眉《まゆ》をきゅっと寄せる。

チェリーのような唇《くちびる》を尖《とが》らせ、明らかに不満げだった。

「ロードさんが人間になったら、それはもう……モテてモテて大変で、ブロンドの美しい人に奪《と》られてしまうんじゃないかと心配だったんです。だから僕は……」

「――ん？」

「ロードさんが妖精のままのほうがいいなんて、思っていたときもありました。それなら僕とずっと一緒《いっしょ》にいてくれると思ったからです。でも、ロードさんのことを好きになるのは、人間だけじゃないんですね。妖精にも執着されるなんて」

しかもそれがブロンドのすごい美形で……などと余計なことはいわないグレインロードに、ミルフェは露骨《ろこつ》に嫉妬深《しっとぶか》い顔を見せる。

以前のミルフェなら、自信のなさから執着を隠し、嫉妬心も見せなかっただろう。

グレインロードがどこへ行こうと誰《だれ》と結ばれようと、自分とは関係ないことという顔をして、一歩も二歩も引いたところで幸せを願っていたはずだ。

「お前がそうやって、ふくれっ面《つら》をしてくれるのがうれしい」

「――え？」

ミルフェはグレインロードの意図が読めないようで、怪訝《けげん》な顔をする。

どうしてですかと訊きたげな顔をしつつ、「ふくれっ面なんてしてません」と否定した。

「いやいやいや、見事なふくれっ面だったぞ。顎《あご》なんてしわしわになっていた」

「なってませんっ」

「なっていたとも」

「なってません！」

はははと笑ったグレインロードは、ミルフェの表情を真似《まね》てさらに笑う。

自信がついてきたミルフェを見ていると、また一つ自分を好きになれた。

自信は愛だ――愛されているから自信を持ち、ミルフェは変わったのだ。

「いい天気だなぁ」

空は青く、真っ白な雲に所々塗《ぬ》りつぶされている。

季節は変わり、王国は夏を迎《むか》えていた。

あとがき

こんにちは、または初めまして、犬飼《いぬかい》ののです。

ルビー文庫様での五冊目になります本書、『おやゆび王子の初恋《はつこい》』をお手に取っていただき、ありがとうございました。

これまでKADOKAWA様から『人魚姫《ひめ》の弟』『白雪姫の息子《むすこ》』『シンデレラ王～罪を抱《だ》く二人～』『赤ずきん王子』『眠《ねむ》れる森の王』という、五冊の官能童話BLシリーズを出していただきました。


六冊目に当たる本作は、『おやゆび姫』を題材にしたものです。

『おやゆび姫』の冒頭《ぼうとう》は、子供を欲しがっていた女性が魔法《まほう》の種を手に入れて、小さな女の子を大切に育てるところから始まるんですが……その後おやゆび姫は誘拐《ゆうかい》されたり結婚《けっこん》したりして、最後まで育ての親のところには戻《もど》りません。なんだかかわいそうだな……と思ったところから、本作が生まれました。

官能童話BLのほとんどはそのような感じで、「ここがこうだったらいいのに……」という、気持ちと、「BLにした場合はこうなると萌《も》えるな……」という妄想《もうそう》から出来ています。

今回もイラストを担当してくださった笠井《かさい》先生、担当様、関係者の皆様《みなさま》、本当にありがとうございました。最後になりましたが、本書をお手に取ってくださった読者様に心より御礼《おれい》申し上げます。

犬飼のの

KADOKAWA RUBY BUNKO

おやゆび王子《おうじ》の初恋《はつこい》
犬飼《いぬかい》のの

角川ルビー文庫　23971

2024年1月1日　初版発行

発行者――山下直久
発　行――株式会社KADOKAWA
〒102-8177　東京都千代田区富士見2-13-3
電話 0570-002-301（ナビダイヤル）
印刷所――株式会社暁印刷
製本所――本間製本株式会社
装幀者――鈴木洋介

ISBN978-4-04-114428-2　C0193　定価はカバーに表示してあります。

貴方とならーー
どこまで堕ちても構わない。
Nono Inukai
犬飼のの
イラスト／笠井あゆみ
King Cinderella
シンデレラ王
〜罪を抱く二人〜
濃厚官能童話《ディープエロスファンタジー》第2弾！
不遇の貴公子×兄の盲愛に怯える王子の
大逆転ラブストーリー！
継母の家族の下で虐げられていた
青年エラルドは、森をお忍びで訪れた美しい第二王子
シャロンと出逢い、たちまち二人は恋に落ちる。ところが城で
催された仮面舞踏会でシャロンを盲愛する兄太子の逆鱗に触れ…!?

ルビー文庫

極道さんはパパで愛妻家
俺様極道×堅実な青年の子育ては、波乱万丈!?
「ついに俺達の子供ができたぞ！」付き合った覚えもない幼馴染の極道・賢吾からの爆弾発言。けれどそこにはやむを得ぬ事情があって、佐知は極道の妻として（!?）賢吾と子育て同居をすることに！
誰にも文句なんか言わせねえから、安心して嫁に来い。
佐倉 温
イラスト／桜城やや
ルビー文庫

片羽の妖精の愛され婚
Novel
市川紗弓
イラスト／街子マドカ
愛妻家な英雄公爵×片羽の妖精花嫁。
愛を知らない花嫁は蜜愛に溺れる――。
きみを想うと
愛おしさで胸が痛い。
もっともっと
きみに触れたい。
妖精郷を囲む大森林を救った礼として公爵へ差し出された妖精のリゼル。片羽だから厄介払いされたのだと落胆するが、公爵は大切な伴侶として自分を溺愛してくれる。リゼルは笑顔とともに妖精の力を開花し始めるが…？

ルビー文庫